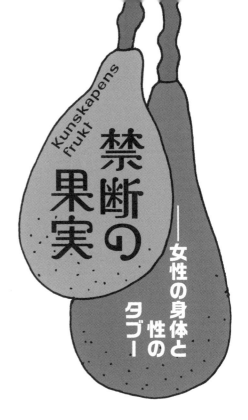

禁断の果実 ――女性の身体と性のタブー

Kunskapens frukt

［作］リーヴ・ストロームクヴィスト
［訳］相川千尋

花伝社

Sara Hansson と Sara Granér
Livia Rostovanyi に感謝をこめて

Copyright ©2014 by Liv Strömquist
first published in 2014 by Ordfront Galago with the Swedish title *Kunskapens frukt*
(French title: *L'origine du monde*, published in 2016)
Japanese translation rights arranged with Am-Book
through Japan UNI Agency, Inc.

目　次

女性器に興味を持ちすぎた男たち …… 5
女性器のタブー …… 31
女性のオーガズム …… 56
イブたちの声──女性の身体と恥の感情 …… 83
生理のタブー …… 99

作者・訳者略歴 …… 144　　訳者解説 …… 145

第7位、ジョン・ハーヴェイ・ケロッグ
(1852-1943)

ケロッグの唯一の偉業は
コーンフレークの発明だと思ってない？

**とんでもない！
ジョン・ハーヴェイ・
ケロッグはとっても
多才な人だった！！！**

医者だったケロッグは女性器に執着し、素晴らしいことに、女性がそれに触るのをやめさせようとした。

私は医者であるだけでなく、コーンフレークを発明した！

しかも、女性にオナニーをやめさせる機会を逃したことは一度もない！

ケロッグは、女性にオナニーをやめさせたいという情熱に燃えていた！当時、オナニーの禁止は医学界の大きなトレンドだったのだ。

彼は健康教育の教科書を執筆し、オナニーが子宮ガン、てんかん、精神錯乱や様々な精神・身体障害の原因になると断言した。

どうして私がガンに？

クリトリスの過剰刺激。

どうして私が精神錯乱に？

クリトリスの過剰刺激。

どうして足が痛むの？

クリトリスの過剰刺激。

などなど！

オナニーとその脅威に対する治療法を見つけたのもケロッグだった。『高齢者と若者のための明白な事実』*の中で、彼は書いている。

女性の場合、石炭酸のクリトリスへの塗布があらゆる異常な興奮を鎮める…

…すぐれた治療法になることを私は発見した。

*Kellogg, John Harvey : Plain Facts for Old and Young, Segner & Condit, 1881.

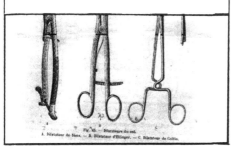

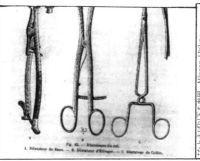

聖アウグスティヌス(354-430)

でも、残念だけど、私はアウグスティヌスに「あなたがしてることって最高！」とは言えない！

*山田晶訳『告白Ⅰ』中公文庫、2014年、p.100。

*山田晶訳『告白I』、p.100

その後、アウグスティヌスは、セックスを唾棄すべき悪と考えるようになる。

私は友情の泉を汚れた肉欲で汚し、その輝きを情欲の地獄の闇でくもらせてしまった。*

当時、これは革命的な考え方だった。知られているように、古代には性愛と欲望は神からの贈り物だと考えられていたから。

そこに、セックスは神からの贈り物ではなく、神への裏切りだという、それまで誰も考えたことがなかったアイデアとともにアウグスティヌスが登場した。

やば！4世紀の思想を革新しちゃった！

なぜセックスが裏切りに？ それは、アウグスティヌスにとって、人間の性器はアダムとイブ、そして彼らの神に対する反抗を受け継ぐものだったから。禁断の果実を食べたのが見つかって、2人がまず性器を隠したことがその証拠とされた。

だけど、アウグスティヌスは一日中独身主義について考えるだけじゃ気が済まなかった！

彼はセックスについて大いに考えた！

それから、女性と女性器についても!!!

こうして、神への愛を証明するため、アウグスティヌスは残りの人生を独身で通す誓いを立てた。もし、彼が一日中、独身主義について考えているだけだったら、ほんとによかったのに！

無作為に選んだ独身主義の例

*この男はミッケ・レイネゴード、スウェーデンのテレビに出ているジャーナリスト。

彼の考えはこう。アダムとイブの罪は**セックスを通じて世代から世代へと**受け継がれる。

簡単なことだ！みんな生まれながらに罪人(つみびと)なんだ！

特に罪深くけがらわしいのが女性だ。
アダムが禁断の果実を口にしたのは、何と言ってもイブのせいなのだから。だから女性は誘惑とけがれを表している。

こうして、性器をはじめとする女性の身体は神と対極をなすものとされた。

その後、キリスト教の他の著述家たちもこの主張を踏襲した。シカのアルノビウス*は次のように書いている。

女性の体は悪臭を放つ、堕落した、糞尿のつまった卑しい皮袋だ。

* 3世紀末のラテン語の著述家、修辞学者。

アウグスティヌスとその仲間たちにはお別れを言って、

女性器にちょっと興味を持ちすぎた男たちの第4位を見てみましょう。

第4位は…

ジョン・マネー (1921-2006)

マネーは医学心理学の教授だったけれど、医学心理学だけでなく、性別二元論も大好きだった。

私は医学心理学の教授だが、

性別二元論も大好きだ!

性別二元論ってなんのことかって?えー、それは、私たちの社会に異常なほど広まっていて、人気のある考え方。それによると、男性と女性というはっきり区別できる2つの性別があって、その2つを区別する基準は性器の形状ということになっている。

そうはいっても、性別二元論に合致しない性器を持った赤ん坊が生まれることがある以上、二元論的なロジックは疑わしい。

新生児の1〜2%は「男性器」か「女性器」か判断することのできない性器を持って生まれてくる。

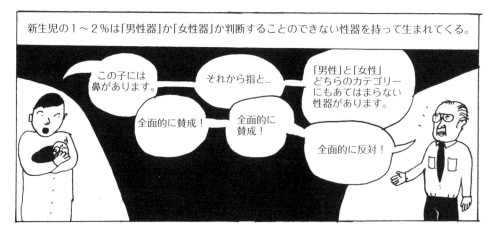

この子には鼻があります。

それから指と…

「男性」と「女性」どちらのカテゴリーにもあてはまらない性器があります。

全面的に賛成!

全面的に賛成!

全面的に反対!

スイスのフリブール州ではエルニー・ヴュフィオという女性に悪魔のしるしが見つかった。彼女はきっぱりと言っている。

もしこれが悪魔のしるしなら、ほとんどの女は魔女だよ！*

*Duerr, p. 233.

さて！

期待も最高潮！

女性器に興味を持ちすぎた男たち、いよいよ第2位の発表！

第2位に選ばれたのは…

ジョルジュ・キュヴィエ男爵(1769-1832)

キュヴィエ男爵は男爵であっただけでなく、古生物学者にして動物学者でもあった。

そして、彼には特殊な趣味があった。

私たち。

あああ、やめてー！特殊な趣味なんて持たないで！

男爵。

男爵という骨の折れる仕事の後には、リラックスするために特殊な趣味が必要なんだ！

キュヴィエは特にサーキ・バートマンという女性に特別な関心を抱いていた——正確には、バートマンの性器に対して。

サーキ・バートマンは南アフリカのコイサン族出身の女性。19世紀初めに海軍軍医アレクサンダー・ダンロップに奴隷として買われ、ロンドンに連れてこられた。

ダンロップはロンドンでバートマンを見世物にした。彼女には「ホッテントットのヴィーナス」というあだ名がつけられ、ほぼ全裸で見世物にされた。

大勢の人が押し寄せた。見世物にされ特殊な関心の対象となったのはバートマンの「大きな尻」と「巨大な小陰唇」だった。

当時の風刺画。

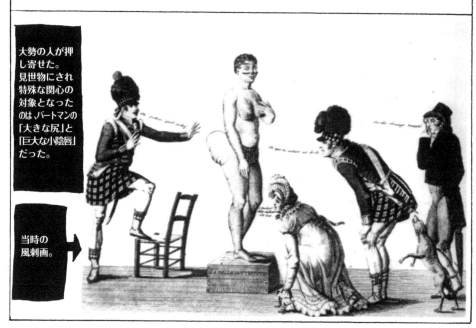

奴隷制度に反対する人々の抗議を受け、見世物は打ち切りとなる。バートマンはフランスに売られ、また同じように見世物にされた。

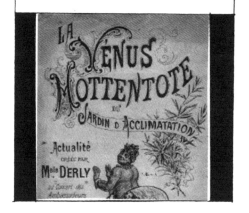

バートマンはその後すぐ、熱病で死亡する。まだ26歳だった。

バートマンの死の知らせを受けるとすぐにキュヴィエは現地へ向かった。そして、全身の石膏型を取り、特に興味深く思えた部位を解剖し、48時間後には外陰部と脳をホルマリン漬けにしていた！

16ページからなる彼の検死レポートは、9ページがバートマンの

外陰部

に割かれている。

脳

に関してはたった1文しか書かれていなかったのに。

だけど、どうしてキュヴィエはバートマンの外陰部にそんなに興味を持ったのだろう？それは、キュヴィエのもうひとつの特殊な趣味、科学的人種主義に関係があった。

キュヴィエはバートマンの外陰部を黒人の劣等性の証拠として利用しようとした。彼は、巨大な小陰唇は「動物的な性行動」のしるしだと主張する。

ご自分の目で確かめてください。

キュヴィエは文明化された女性（要するに白人女性）は、進化の度合いが高いので小陰唇が小さく、反対に大きな小陰唇は人種的劣等性と広く黒人に行きわたった身持ちの悪さのしるしだと断言した。

こんな感じ
大きな小陰唇 イコール ？ 三葉虫 オルソセラス シーラカンス 恐竜

キュヴィエの人種理論は瞬く間に広がり、科学的人種主義に大きな影響を与えた。

だからもし、なぜか全然わからないのに、あなたが自分の小陰唇は大きすぎて醜いと思って心配しているのだとしたら…

男爵のせい！

ホルマリン漬けにされたバートマンの外陰部と脳は国立自然史博物館（のちの人類博物館）で展示された。

1985年まで！

アパルトヘイト撤廃後、ネルソン・マンデラ大統領はフランス政府にバートマンの遺体の残りを返還するよう要求した。

「冷静になっていただけませんかね？」

フランス政府は、他の旧植民地がフランスに盗まれた物品の返還を主張しだすことを恐れ、この要求を却下した。

「答えはノンだ！」

ようやくバートマンが南アフリカに埋葬されたのは2002年8月9日のことだった。

この一節は以下の文献に基づいている。Sanyal, Mithu M.: Vulva - det usynlige køn (Vulva, Die Enthüllung des unsichtbaren Geschlechts), Tiderna Skrifter, 2011, dansk utgåva, p.184.

1965年、ローマのサン・ピエトロ大聖堂にあるクリスティーナ女王の墓を暴くという奇妙な計画が持ち上がった。

なぜ、1965年にもなってクリスティーナ女王の墓を暴くの？！

『クリスティーナ女王：1965年、ローマの墓を暴く』という回想録に目的が書かれている。

Hjortsjö, Carl Herman : Drottning Christina, Corona, Lund 1967, p.30

たとえば、こんな目的。

クリスティーナ女王にインターセックスである可能性を思わせる、典型的女性ならざる身体的・心理的特徴があったと文献上で確信を得ることができたので、今度は女王の骨格が男性のみに特有な形態を示しているか否かを明らかにしたく思う。*

それって…

何？

クリスティーナ女王がインターセックスである可能性を論じている文献って何のこと???

そんなことをでっち上げたのは、1)産婦人科医エーリス・エッセン＝モッレル。彼は1930年代にクリスティーナ女王に関する「医学的見地から見た人類学的研究」を執筆した。

洞察力をもって深く問題を分析したあとで、エッセン＝モッレルはクリスティーナ女王の性的構成は異常だという結論を提示する。「あらゆる明白な事実によれば、彼女は女性ではあったが、それだけはなかった。運命は彼女を男性と女性の中間的存在としたのだ。」*

*Hjortsjö p.96

それから、2)1950〜60年代にクリスティーナ女王の股間の問題に首を突っ込んだ作家・ジャーナリストのスヴェン・ストルペ。

ストルペはクリスティーナ女王はインターセックスではないかと考えたが、問題は依然複雑だと明言している。なぜなら「この仮説を退けるためには、いくつかの簡単な医学的説明だけでは不十分だろうから。」*

*Hjortsjö p.96

だけど、どうしてこの男たちはクリスティーナ女王がインターセックスだと思ったの???

たしかに、女王には矛盾したいくつかの特質があった。エッセン＝モッレルは、そうした特質の解釈はひとつしかないと言う。*

女王は、哲学や古典文学、天文学、数学など、どちらかといえば男性的な精神に属する学問で、難解で水準の高い研究を行い異彩を放っていた。

*Essen-Möller, Elils : Drottning Christina - en människostudie ur läkaresynpunkt,『クリスティーナ女王：医学的見地から見た人類学的研究』Ed. Gleerups, Lund, 1937, p.8.

その一方で、彼女はいかにも女性らしく思える無分別で突拍子もない性格も示していた。

*Essen-Möller, p.8

重要な国政を思慮深く、洞察力をもって執り行い、粘り強く一度決めた目標を追求する能力がある一方で、

*Essen-Möller, p.9

気まぐれで優柔不断でもあり、ある話題から別の話題へ移ったと思ったら今度はその話題も別の気まぐれのために捨て置いてしまうのだった。

*Essen-Möller, p.9

エッセン=モッレルはさらに指摘する。

こうした観点から、重要度は低くとも、女王の服装への無頓着についても考慮すべきだろう。

同時代の観察者は書いている。「女王が髪や衣装を金銀で装飾したり、金銀の首飾りをつけたりしたのを見たことは一度もない。身につけている唯一の金は指輪である。

外見には無頓着。髪をとかすのは週に1回だけで、2週間髪を直さないこともある。」

*Essen-Möller, p.46

エッセン=モッレルの主張の中でもっとも突拍子もなく論理的な根拠の薄いものは、クリスティーナ女王の格言の解釈に基づく診断である。彼は女王には「サイコパスの性格的特徴がある」と主張した。

彼女はまったく精神を病んではいなかったが、反対に、サイコパスの性格的特徴があったことには疑いの余地がない。

*Essen-Möller, p.74

エッセン=モッレルは続ける。

ここで、インターセックスの者はサイコパス的性格である場合がきわめて多いことを指摘しておくのは有益だろう。

結論

クリスティーナ女王にはサイコパスの特徴があり(出典：エッセン=モッレル)

「インターセックスの者はサイコパス的性格である」のだから(出典：エッセン=モッレル)

クリスティーナはインターセックスに違いない！

以上！

スヴェン・ストルペの方は、クリスティーナ女王が結婚を拒んだことに特に興味を持ち、それを自説が正しい証拠と解釈した。

結婚を望まない女だと！

ありえない！

彼女がインターセックスなら別だが。

そう、そして！ この話の中のいちばんの無礼者は、1930年代にこのテーマについて書き散らかしていた断種手術に陶酔した頭のおかしい学者でも、数十年後にその理論を一般に広めた頑迷な新聞記者でもない！

いちばんの無礼者は、この問題に入れあげたあげく、1965年に女王の墓を開けさせるのに成功したジジイども！

クリスティーナ女王の性器は、Xboxが夏休みに部屋にひきこもってゲームをする少年たちに及ぼすのと同じ引力をこのジジイどもに及ぼしたみたい。

そいつらにはこう言いたくなる。

とにかく、その納骨堂から出なさい！外はいい天気なんだから！

でも、やつらはこう言い返す。

やだね！

クリスティーナ女王の遺体を発掘して性的構成について検証させてくれないなら、もう何もしない！

地面にうつ伏せになって、欲しいものを手に入れるまで叫びつづけるからな！

それはすぐに実行に移された。『クリスティーナ女王：1965年、ローマの墓を暴く』では、クリスティーナ女王の性的構成にまるまる1章を割いている。タイトルはまさに、

クリスティーナ女王の
性的構成について

一般的に、400年前のあわれな遺体を見て、「性的構成」（誰か、このコンセプトを私に説明して）とやらについてとやかく言うことができるのだろうか？

もちろん、無理だ。

ジジイどもも結局そんなことできないって認めてる！

このジジイたちの墓暴きは大失敗に終わった。

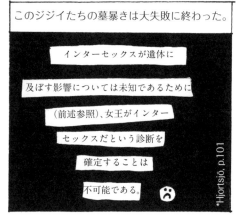

インターセックスが遺体に及ぼす影響については未知であるために（前述参照）、女王がインターセックスだという診断を確定することは不可能である。

*Hjortsjö, p.101

あるいは、

訳注：クリスティーナ女王の肖像

下向きになった鶏のトサカ

大衆紙『アフトンブラーデット』によると、ある美容外科手術がしばらく前から大流行しているという。

小陰唇拡大手術が増加傾向

アカデミクリニケン医院の整形外科医ヤン・ヤーンベックによると、性器の外科手術はここ10年で倍増したという。

たとえば患者は自分の小陰唇が小さすぎると思っている女性だ。

ほとんど見えないような小陰唇が好きになれず、プールの更衣室のような公共の場や、パートナーの前に姿をさらすことを嫌がり、「なんとかしたい」と思っているのだ。

テレビ局TV4+の番組「整形外科医たち」の協力者であるヤン・ヤーンベックは、性器の外科手術に典型的な患者はいないと説明する。

「今日ではこうした問題がおおっぴらに話されるようになったので、患者も様々な代替手段を知るようになりました。」

性科学者マレーナ・イーヴァションによれば、今日では、女性は性生活に非常に気を配っていて、彼女たちの多くは自分の小陰唇が小さすぎると思っている。

マレーナ・イーヴァションは、女性の中には、男性がそうした細部に与える重要性を過大評価している人がいると考える。そして、手術を決断する前に、メリットとデメリットを検討するようアドバイスする。

「往々にして自尊心の問題です。カウンセラーに相談してください。どうして小陰唇を大きくしたいのか、その理由を理解するのは大切なことだからです。」

**うそうそ！
これは冗談！**

もちろん、本当の記事で問題になっているのは小陰唇**縮小**手術の方。

みんな知っているように、男性は整形手術で性器を大きくしようとし、女性は小さくしようとする。

**でも、
どうして？**

どうして女性は自分の大陰唇と小陰唇が小さい方がいいと思っているの？

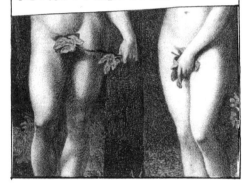

どうして医療相談掲示板「ディーナ・メディシーナー（あなたの薬）」のトピックのタイトルに発言が引用されたあの女性は、2013年7月29日に、こんなことを言ったの？

「小陰唇から
解放されて
最高！」

まずは、次の問題を検討してみましょう。

「女性器」という言葉は何を指しているの？

いや、まじめに、それって正確には何？？？？

私たちがふだん「女性器」と呼んでいるものには、次のようなものがある。

1. 体外に現れている部分：外陰部(ヴァルヴァ)
2. 外から中への経路：膣(ヴァギナ)
3. 見えない内側の部分：子宮頸部、子宮、卵巣

奇妙なことに、私たちの文化では、外陰部に言及したり、図や絵で表すことはめったにない。私たちの社会では「外陰部」という言葉をはっきりと口に出すのさえ難しいようなのだ。

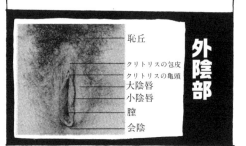

外陰部

- 恥丘
- クリトリスの包皮
- クリトリスの亀頭
- 大陰唇
- 小陰唇
- 膣
- 会陰

1972年にNASAが打ち上げた宇宙探査機パイオニアはいい例だ。パイオニアは、存在するかもしれない知的生命体に地球の生活に関する情報を伝える、海に投げられた瓶のようなものだった。

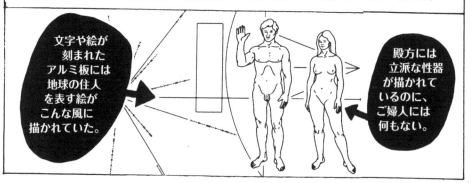

文字や絵が刻まれたアルミ板には地球の住人を表す絵がこんな風に描かれていた。

殿方には立派な性器が描かれているのに、ご婦人には何もない。

もともと、オリジナル版には女性の外陰部を示す短い線が引かれていた。

この絵は何かしっくりこない。どことは言えないが。

計画の責任者たち、NASA首脳部が外陰部がはっきりと描かれているアルミ板を承認しないことを恐れ、線を削除した。

ほら！この方がずっといい！

ということは、NASAでは、人類の外陰部の絵を目の当たりにしたら、**宇宙人さえも気まず**い思いをする恐れがあると考えたのだ。NASA職員は図中の「短い線」が、未知の惑星でこんな場面を引き起こすと想像したのだろう。

げぇっ！これに返事するのはやめよう

もちろんだ！

いつか聞かれたら、届いてないって言おう！

いい考えだ！

文化史研究家のミツ・サンヤルは言う。女性器は空白の場所、ペニスの不在というような、ある種の欠陥や欠如として表されることが多い。*こうした考えは、特に私たちの物の言い方に透けて見える。

男子にはチンコがあるけど、女子にはない！

典型的な言い方

女子にはマンコがあるけど、男子にはない！

典型的じゃない言い方**

**もっと典型的じゃないのは、性器を特定のジェンダーと結び付けない、たとえばこんな言い方。「女子にはチンコがあることも、マンコがあることもある」。この話はまたあとで！

サンヤルによれば、社会は「女性器」に独立した器官としての地位を与えていない。それどころか、それは常に「男性器」との関係で記述(そして表現)されている。つまり、空白や存在しないもの、男性がペニスを押し込むことのできる穴として。*

*Sanyal, p.13

穴としての性器という考えは西洋でもっとも影響力のある思想家のひとりジャン＝ポール・サルトルにも支持されている。古典的名著『存在と無』の中で彼は女性器をこんなふうに扱っている。

…けれども、それは、何よりもまず、女の性器が穴だからである。*

*Sartre, Jean-Paul: L'être et le néant, 1943, p.660

(松浪信三郎訳『存在と無』第三分冊、p.402)

…女の性器…それは、他の場合にすべての穴がそうであるように、一つの「存在──呼び求め」である。それ自身において、女は、侵入と溶解とによって自分を存在充実へと変化させてくれるはずの、外からやって来る一つの肉体を呼び求める。*

*サルトル邦訳、p.402

女は自己の条件を、一つの呼び求めとして感じる。というのも、まさに、女には《穴があいて》いるからである。

それこそまさにアドラーの説くコンプレックスの真の起源である。

*アルフレッド・アドラーによる劣等コンプレックス理論。

*サルトル邦訳、p.402

したがって、女性は性器が<u>ない</u>ため、そして「穴があいている」ため、自分自身を劣ったものとみなし、自分の欠落(性器があるべき場所にある空白)を埋めるためにペニスに助けを求めなければならない。

おそらくサルトルから多大なるインスピレーションを得たのだろう。
子ども向けの『愛のほん』の著者は性器をこんなふうに描いている。

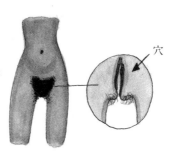

男性にはぶらさがったおちんちんがあります。女性にはもじゃもじゃがあり、その中には穴があります。

穴

*ペニーラ・スタールフェルト『愛のほん』川上麻衣子 訳、小学館、2010年 参照

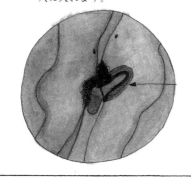

パパはおちんちんをママの穴に入れます。

私たちの文化では多くの場合、女性器の体外の部分は直接表現されず、婉曲的な言い方や比喩、様々な表現で指し示される。ちょうどザ・ラテン・キング*の歌「俺が欲しいのはおまえ」みたいに。

入れたり出したり、入れたり出したり…

お前の傷口と俺の槍

*スウェーデンのヒップホップグループ

女性器の比喩は他にいくらでも考えられそうなのに。たとえば、下向きになった鶏のトサカじゃだめ?! こんなふうに韻を踏んでみたらどう?

俺の太いバナナ、お前の下向きになった鶏のトサカ

ただの提案だけどね！歌手と作詞家に無料で提供します！

さっきも言ったけど、女性器の体外に現れている部分を指す言葉「外陰部」は日常会話では使われない。

外陰部を指し示したいときにも、人々は間違って見境なく「ヴァギナ(膣)」という言葉を使っている。

*訳注：ヴァギナの意味は厳密には「膣」

たとえば、『QXマガジン』2012年1月号のある記事のテーマになっていた、この「ヴァギナ・ネックレス」は…

「ヴィクトルがヴァギナ・ジュエリーを製作」
ヴァギナ・ネックレスは趣味の悪い冗談から出たアイデアだったが、今では自慢のタネだ。
「この製品は大成功」と、ヴィクトル・アーランソンは大喜び。

ヴァギナ・ネックレス

…実際には外陰部を模しているのだから、「外陰部ネックレス」と呼ぶべき。

女性器の色をよりアーリア人種的にすると約束する「ヴァギナ美白クリーム」を販売する企業は…

ヴァギナ用美白クリーム
ヴァギナを明るい色に

5〜7日のケアであなたのヴァギナは明るく、ピンク色で、すべすべに。長期使用に適しています。

…正しくは、このクリームに「外陰部美白クリーム」という名前をつけるべきだった。

インターネット掲示板「フラッシュバック」のユーザー、ハムバグはスウェーデンの歌手ジャスミン・カラについての議論の中でこう言っている。

2013-02-11, 14:48

ハムバグ
モデレーター

登録：2002年4月
投稿：7924

昨日の「私に歌を歌って」の放送で彼女のズボンの「食い込み」を見ようとしたけど、すごくうまく隠していて、ヴァギナがないみたいだった。

…彼は言葉を訂正して、ジャスミン・カラには外陰部がないみたいだった、と書くべきだった。

作家スティーグ・ラーションは2012年11月18日放送の「10時過ぎのマロウ*」に歌手のプルーラ・ヨンソンとゲスト出演した時に、若い娘の性器はより甘い味がすると書いた自著の一節について、マルー・フォン・シーヴァシュからの質問に答えなくてはならなかった。

*Malou Efter Tio、スウェーデンのテレビ局TV4の番組

これが彼の説明：

思春期の開始から5年で、ヴァギナのpH値は大きく変化する。

その後、酸っぱくなるのはこのためだ。

スティーグ・ラーション

明らかに、彼もまた性器の体外に現れている部分について話をしているのだから、「外陰部」という単語を使うべきだった。

*作家・劇作家

でも、女性器の様々な部分をめぐる用語に混乱があるとして、そのことにどんな意味があるの？

心理学者ハリエット・ラーナーは、1970年代から外陰部とヴァギナ(膣)の混同が及ぼす影響を論じ、こうした言葉の遣い方で女性器には体外の部分もあるという事実が隠蔽されていると言っている。*

女性器には体外の部分もあるという事実が隠蔽されている！

*Sanyal, p.22.

彼女は自説を説明するために、1980年代に広く使われていた性教育の教科書を引用している。

女子には2つの卵巣と子宮、ヴァギナがあります。これらが女子の性器です。男子の性器にはペニスと睾丸があります。

思春期に女子の体に起こる最初の変化はヴァギナの入り口周辺の体毛の発達です。

*ラーナーの発言：Sanyal, p.22。

ラーナーは続ける。

このような女性器の不完全な記述は、混乱の原因になる。この教科書をたよりに鏡の前で自分の体を確かめた思春期の女の子はみんな、自分の体が正常ではないと思うかもしれない。*

*Sanyal, p.22.

次の生物の教科書を見てみよう。2002年に出版された、これ以上ないくらい普通の教科書。ここでもまた、著者は女性器の体外の部分を図解することが必要だとは考えず、「女性器」というキャプションのついた次の2つの図を掲載するだけで済ませている。

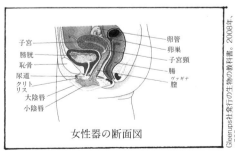

女性器の断面図

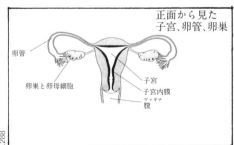

正面から見た子宮、卵管、卵巣

「性愛の情熱の表現であるヘテロセクシャルの性交時に、ペニスで満たされることが膣の定め」だと教えるのが、すごく重要みたい。

膣(ヴァギナ)
膣の長さはおよそ8～10cmである。その壁はペニスの大きさに合わせることのできる柔軟な筋肉でできている。壁の表面はすべすべとした湿った粘膜で、性的に興奮すると、ペニスの挿入を容易にするため粘膜が潤い、なめらかになる。*

*Gleerups社発行の教科書。2008年。P.152.

アインシュタインじゃなくたって、私が何を言いたいかわかるでしょう。私たちの文化は外陰部を正しい名前で呼んだり、表現したりするのを拒んでいて、明らかにそれが、近年の小陰唇縮小手術増加の原因になっている。

私たちの文化では、次のことが**絶対に必要**みたい。1) 2つの性別があり、2) それらの性別は根本的に違っていて、3) その2つは、「剣と鞘」のように解剖学的に補い合うものであること。ちょうど、ヘテロセクシャルの挿入みたいに。こういう見方では、女性器はペニスでいっぱいにされることだけを待っている「穴」として表現され、それ自体完全な性器ではない。

← 穴

この考えを信じてしまうと、現実が期待通りでなかったときの絶望は大きい！

よく、セックスは文化的な構築物だと言うけれど、性器整形においては

まさに文化が、生物学的な性を

メスを使って実際に

作り出している。

そう、外陰部は私たちの文化では隠されている。言葉の面でも、視覚イメージでも。

*スウェーデンの画家、イラストレーター、水彩画家カール・ラーション(1853－1919)のデッサン。

だけど、これとは逆のとても古い伝統も存在する…

それが、外陰部の人前での露出。

西洋文明の始まりの頃を
　ちょっとのぞいてみましょう。

悲嘆にくれたデメテルは娘を探す旅に出て、飲まず食わずで地上をさまよう。

彼女の体が衰弱してくると、その周りで植物が枯れていく。
飢饉が起こり、人間はとりなしを頼もうと神々に祈る。

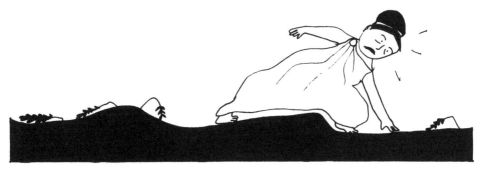

だが、神々のとりなしもむなしく、デメテルはうちひしがれて悲しみに沈んでいた。

その時、とても興味深い人物が物語に登場する。
イアンベだ。

イアンベはバウボという名前でも知られていて、もともとはアナトリアの女神だった。ギリシア人たちは彼女を自分たちの神話に取り込んだ。ギリシア神話ではバウボは老女の姿で表される。彼女はデメテルを家に招き、「下品なおふざけ」をして、デメテルが再び飲み食いをするよう説得することに成功した。

だけど、その「下品なおふざけ」って何だったの？

神話によればこう。「バウボは話し終わると、衣を捲り上げ、性器をあらわにして、女神に見せた。」

テラコッタのベブロス人物像、ギリシア、紀元前4世紀。

イアンベ（あるいはバウボ）はデメテルを「穏やかに笑わせ、その魂を楽しませた。」

外陰部を露出することの象徴的な意味を今日とらえるのは難しい。この仕草が私たちの文化にはまったく馴染みがなく思えるのでなおさらだ。

ユーモアで、人を元気づけるための仕草だったのかも。

デメテル信仰では、女神デメテルは外陰部を露出する儀式によって崇拝されることが多かった。こうした儀式は神々のほとんどが女神である宗教でしばしば見られる。*

*Vulva p.31

エレウシスの秘儀について記述したアリストパネスによれば、ギリシアのエレウシスでは、女性たちはデメテルの神殿におもむき、性器を見せ合ったという。そして、歌を歌い、外陰部の形をしたゴマとハチミツでできた菓子を食べた。*

*Vulva p.31

エジプトの猫の女神バステトに捧げられた祭祀の記述もある。紀元前5世紀には祝祭の折に、女性たちは大声で叫んで呼び合い、踊りながら外陰部を見せ合った。

ホホホ

ハハハ

*Vulva p.32

19世紀に至るまで、ヨーロッパの寓話には、女性器を見せて悪魔払いする女性が登場する。(Vulva p.9)

シャルル・エイサンによるラ・フォンテーヌ寓話の銅版画挿絵。

中世まで、教会や修道院には脚を広げた裸の女性像が見られた。あるいは、都市の門や家屋の正面部分に守護者のような女性像があった。*

ミラノのトサ門に中世から残る壁

*Vulva p.36

シーラ・ナ・ギグと呼ばれ、主にアイルランドやイギリスで見られるこうした人物像はケルト文化に関係がある。*

アイルランド、ラハラの例

*Freitag, Barbara : Sheela-na-gigs - Unravelling an Enigma, Routledge 2004.

これらは、他の国々にも見ることができる。下の図はフランス、ポワティエの女子修道院にあるシーラ・ナ・ギグ（14世紀）。

シーラ・ナ・ギグがどうして性器を見せているのかも、その名前の意味もわかっていない。これらの像は手で撫でられてツルツルしている。なんらかのご利益を得るために人々が触っていたようだ（あるいは、ただ単に触りたかったから！）

イギリス、キルペック、聖マリア聖ダビデ教会の石像、13世紀

ある説によると、シーラ・ナ・ギグはアイルランドのケルト神話の登場人物モリガンを表している。モリガンは戦争の女神で、カラスにも姿を変えることができる。神話では、「威厳のある背の高い女で、その小陰唇は膝の下に届くほど長かった」とされている。*

モリガンはファンタジー作品の人気キャラクターとなり、不幸にもこんな姿で表されている。

本当はむしろこんな感じなのに。

*Patrick K. Ford : Celtic women, the opposing sex, 1988 viator 19, P.417

外陰部を見せる女性像は世界中にある。たとえばミクロネシアの「ディルカイ」。
ディルカイは脚を大きく開いた女性を表す木像で、手は太腿に置かれ、三角形の巨大な外陰部を見せている。悪霊を追い払う目的で、玄関の上にかけられていた。

宣教師たちが「ディルカイ」を見て喜んだかどうかはわからないが（喜んだとしたら驚き！）彼らはこの像を身持ちの悪い女に対する制裁だと解釈した。

パラオ、カロリン諸島の彫刻、19世紀末〜20世紀初め

もうひとつの例はインドに広がるヨニ信仰だ。ヨニ（女性器）は宇宙の神秘に扉を開く、神妙な力の聖なる通路として崇拝されている。
(Vulva, P.82)

彫刻は横たわり脚を広げた女神を表している。これは、女神のヨニを崇拝するためだ。また、立像の場合でも脚は開かれていて、崇拝者が像の下に行くことができるようになっている。*

インド、ベラグハートにある寺院の石像、13世紀

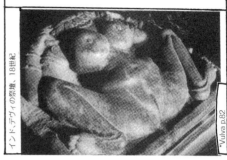

インド、デヴィの祭壇、18世紀
*Vulva p.82

外陰部を見せることは私たちの歴史の中で、**かなり**古くから行われていた。最古の時代に作られた図像や品物は外陰部の表現であふれている。

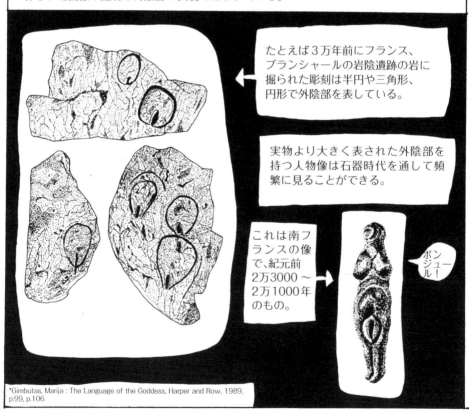

たとえば3万年前にフランス、ブランシャールの岩陰遺跡の岩に掘られた彫刻は半円や三角形、円形で外陰部を表している。

実物より大きく表された外陰部を持つ人物像は石器時代を通して頻繁に見ることができる。

これは南フランスの像で、紀元前2万3000〜2万1000年のもの。

ボンジュール！

*Gimbutas, Marija : The Language of the Goddess, Harper and Row, 1989, p.99, p.106

フランスのローセルのレリーフでは、女性の片手がお腹に置かれ、もう片方の手は角のようなものを持っている。この角には、1年間に訪れる生理の回数であり、太陰暦における月の数と同じ13本の線が刻まれている。(紀元前2万5000～2万年)

こうした人物像を「ヴィーナス」と名づけ、愛の女神と結びつけてしまう考古学者の奇妙な習慣にはちょっとイラっとさせられる。

そいつらのひとりは例えばこの像を「ローセルのヴィーナス」と名づけ、またもやセックスと愛に結びつけた。

だけど、多くの証拠が、外陰部はそれよりもっとずっと大きな実存的意味を含んでいることを示している。

外陰部を誇示した同様の小像は、東ヨーロッパのあちこちの墓地遺跡から出土している。これはブルガリアのもので、モルドバでも9～10歳頃の少女たちの墓から似たような像が見つかっている(紀元前5000～3000年)。

ズドラヴェイ*

*ブルガリア語の挨拶で「やあ」の意。

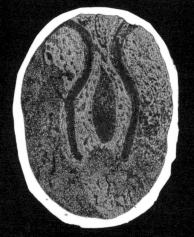

この卵型の石像は紀元前6000年頃のもので、片面に外陰部の彫刻がある。旧ユーゴスラビアの石の祭壇で発見された。

(Gimbutas, p.101)

どうして石器時代や他の時代の人々がこんなふうに外陰部を描いたり彫刻したりしたのか、理由をつきとめるのは極めて難しいことで、誰にもわからない！

もちろん、いくつもの仮説がある。そしてどの仮説でも、2つのことがはっきりしている。

1. この時代、外陰部は聖なるもの／精神的なもの／実存に関わるものの一部をなしていた（その証拠に、これらの絵画や彫刻は墓や神殿にあった）。そして、現在のように、聖なるもの／精神的なもの／実存に反するものと思われてはいなかった。

2. 当時はまだのちの時代に広がった外陰部をめぐるパニックが存在しなかった。

だから、石器時代の人々が宇宙人に向けて人間を描いた絵を送ることができたなら、この絵じゃなくて、

こんなものを選んだかも。

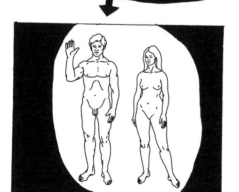
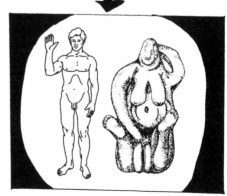

OK!!!!! この章おしまい !!!!!

その頃、宇宙では…

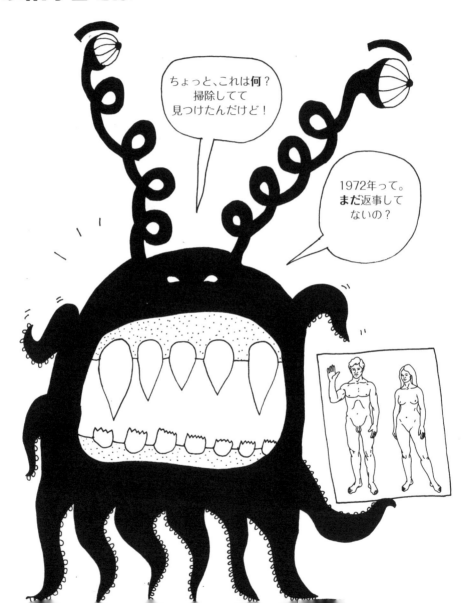

さて、ここからは
オーガズムについての章！

AAH
あああああああああああああああああああああ

HAA
あぁあぁあぁあぁあぁあぁあぁあぁあぁあぁあぁあぁあ

みんな気づいていると思うけど、セックスに関する情報の多くは、様々な機関や団体、新聞、医療専門家、社会の有力者から発信されている。

オーガズムに関する情報（あるいは社会的言説）については、いくつかの思い込みが繰り返されている。

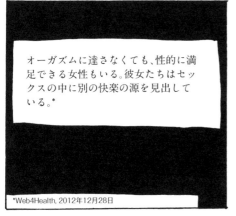

オーガズムに達さなくても、性的に満足できる女性もいる。彼女たちはセックスの中に別の快楽の源を見出している。*

*Web4Health、2012年12月28日

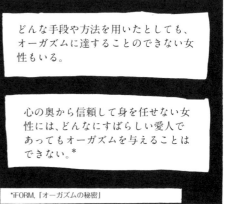

どんな手段や方法を用いたとしても、オーガズムに達することのできない女性もいる。

心の奥から信頼して身を任せない女性には、どんなにすばらしい愛人であってもオーガズムを与えることはできない。*

*iFORM、「オーガズムの秘密」

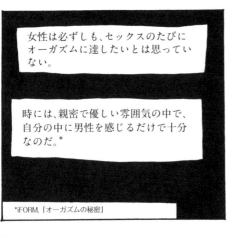

女性は必ずしも、セックスのたびにオーガズムに達したいとは思っていない。

時には、親密で優しい雰囲気の中で、自分の中に男性を感じるだけで十分なのだ。*

*iFORM、「オーガズムの秘密」

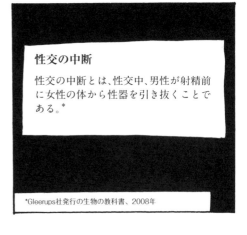

性交の中断

性交の中断とは、性交中、男性が射精前に女性の体から性器を引き抜くことである。*

*Gleerups社発行の生物の教科書、2008年

引用文のジェンダーを逆にしてみると、オーガズムについて社会が伝えるメッセージが、ジェンダーによってどんなに違っているかがわかる。セクシャリティに関して、こんなふうに言われるのは想像しにくい。

> オーガズムに達さなくても、性的に満足できる男性もいる。彼らはセックスの中に別の快楽の源を見出している。

> どんな手段や方法を用いたとしても、オーガズムに達することのできない男性もいる。
>
> 心の奥から信頼して身を任せない男性には、どんなにすばらしい愛人であってもオーガズムを与えることはできない。

> 男性は必ずしも、セックスのたびにオーガズムに達したいとは思っていない。
>
> 時には、親密で優しい雰囲気の中で、女性に包み込まれていると感じるだけで十分なのだ。

> 性交の中断
>
> 性交の中断とは、女性がオーガズムに達する前に、男性がセックスをやめることである。

なぜこうなの？

なぜ社会の中では女性と男性のオーガズムは根本的に異なる別々のものとされているの？なぜ女性のオーガズムは複雑で達しにくく、女性にとって必ずしも重要ではないの？

その一方で、男性のオーガズムは（あまりにも）簡単に達することができて、男性にとって議論の余地なく望ましいもので、その上、いわゆる「セックス」になくてはならないものみたい。

歴史家トマス・ラカーは『セックスの発明』の中で、啓蒙時代以前には、女性と男性のオーガズムは別々のものだとは考えられていなかったと書いている。

逆に、オーガズムは女性が妊娠するのに欠かせないものだと信じられていた！

*トマス・ラカー『セックスの発明』高井宏子、細谷等訳、工作舎、1998年

それで、産婆の手引書などの文献では、女性がオーガズムに達する方法について、いくつもの助言やコツが紹介されていた。*

子どもが欲しいって？
じゃあ、秘訣を教えるよ。①禁煙。②ブリーチーズを食べない。③クリトリスを刺激する。

*ラカー邦訳、p.6

17世紀フランスの医師ニコラ・ヴネットは書いている。「オーガズムなしでは、女性は性交を求めないだろうし、性交を喜ばず、妊娠することもない。」*

しまった、妊娠させちゃったかな？

大丈夫、心配しないで。全然よくなかったから。

*ラカー邦訳、p.13

女性が妊娠するためには、男女が同時にオーガズムに達する必要があると考えられていた。手引書はこの観点から、女性が興奮しすぎたり、早くオーガズムに達したりすることがないよう、様々な助言を与えている。*

ストップ！興奮が冷めることを考えて！オランダ東インド会社のこととか！

ダメー！
うまくいかない！
ごめん。

*ラカー原著、p.100

1740年代、若き日のオーストリア大公マリア・テレジアは、新婚のころ主治医に手紙で助言を求めている。

どうしたら妊娠できるのかしら？

啓蒙時代の終わりころ、医学（そして医学を信じる人々）は、妊娠には女性のオーガズムが必要だという考えを捨てた。

新説！

女を妊娠させるのに、もうオーガズムを感じさせる**必要なし**！

医学書を全部書き直せ！

でも19世紀の生殖科学の進歩がこの変化をもたらしたわけじゃない。

妊娠を望まない女性に、当時の手引書は生理後およそ2週間後に性交を持つようすすめていた（つまり、現在知られているように**いちばん**妊娠しやすい時期に）。

だって、19世紀、生殖科学には進歩がなかったから！

安全日っていつ？

えーと、排卵の時かな！

排卵って何？

それは……**パン**の一種だ。

大事なのは君にはオーガズムが必要ないってこと！

女性のオーガズムが生殖に必要ないとされた理由を理解するには、**男女の身体表象**といった、より広範な文化的背景を考える必要がある。

事実、啓蒙時代までの何千年もの間、男性と女性の身体は同じものとみなされていた。生殖器官についても、その向き以外に違いはないと考えられていた。

膣は単に内側にひっくり返されたペニスとして表され、大陰唇と小陰唇は包皮、子宮は陰嚢、卵巣は精巣に対応すると考えられていた。

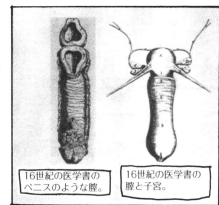

16世紀の医学書のペニスのような膣。

16世紀の医学書の膣と子宮。

古代にもっとも影響力のあった医師ガレノス(129–216頃)は女性器をモグラの目にたとえている。

「モグラの眼は、何も見えないという点をのぞけば、ほかの動物の眼と全く同じ構造をしている。」

「その眼は開かないし、ただそこに不完全にあるだけである。」*

「女性器にも同様の現象が見られる。」

「膣は永遠に生まれそこなったペニスのままである。」

「子宮は成長が止まった陰嚢である。」*

*ラカー邦訳、p.47-48

つまり、女性器は未発達あるいは不完全な男性器の一種と見なされていた。

基本的には男女の身体は同じものだったから。*

*ラカー原書、p.36

血液・脂肪・母乳・精液といった体液は片方の性だけに特有のものではなく、ひとつの同じ人体が作り出す同じ液体の異なる表われとされた。*

*ラカー原書、p.81

たとえば、女性は男性に比べ「熱が低い」ために生理がある。しかし、体温が高い男性も、余剰血液を溜め込むことがあり、それは鼻血あるいは出血によって排出される。*

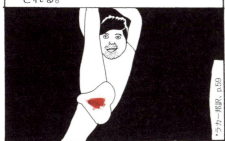

*ラカー邦訳、p.59

脂肪も「実のところ血液から煉製されたものである」とアリストテレスは説明する。そして、男女とも、太った人は精液が体の脂肪として定着するから作り出す精液の量が少ないと断言する。また、こうも書いている。

「思春期後の男性のなかに〔…〕乳が出たものがいた。」

「搾乳を続ければ、より多くの乳を出すことができるだろう。」

*ラカー邦訳、p.60

アリストテレスは女性器をこんなふうに描写する。

女性は筒をもっていて、その筒は男性のペニスに似ているが、ただしそれは内側にある。

その筒の入り口は女性が排尿する箇所のすぐ上にある*。

は？？

*ラカー邦訳、p.54

アリストテレスが本当に、本っ当に、ベッドで全然だめだったということ以外でここからわかるのは、**生物学的性別**は1種類、つまり男性しかなかったと信じられていたということ。そして、女性という性別は「より男性的でない」性別だったということ。

同様にセクシャリティはひとつと考えられていて、男性と女性のセクシャリティは区別されていなかった。

この見方によれば、オーガズムは人間の共通した身体の奥深くに秘められた、共通の性質だった。

1559年、イタリアの解剖学者レアルド・コロンボがまったく**新しい器官**を発見したと発表する。クリトリスだ。その発見は科学界で激しい議論の対象となったけれど、彼の同僚の中には、この器官はすでに知られていたと主張する人もいた。

クリトリスを発見した！

レアルド・コロンボ

最初に見たのは私だ！

コロンボの同僚、ガブリエレ・ファロッピオ

なんて愚かな！2世紀からみんな知っていた！

デンマークの解剖学者カスパー・バルトリン

そして女子

えーと、私たち3歳の時から知ってたけど…

当時のクリトリスについての記述は、男女の身体やセクシャリティがひとつの全体として捉えられていたことをはっきりと示している。

すべてが同一性——1種類の性別、1種類の身体——を根拠としていた。
そして、男性の身体が標準の身体とされた。

それ以降、女性の身体に関する言説では、クリトリスは「女性のペニス」と表現されるようになる。

17世紀イギリスの産婆の手引書の著者ジェーン・シャープは言う。

クリトリスは女性のペニス。

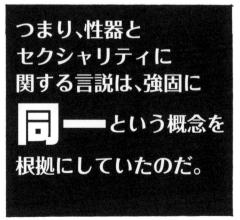

しかし18世紀末に、人間の性の本質に関する見方が

根本的に

変化した。

19世紀はじめになると突然、あらゆる著述家たちが、ある1点で合意に至る。すなわち、すべての基本には、男女の**差異**があるというのだ。

この結果、当時の人々は、男女の生物学的差異に**とりつかれる**ようになった。

ルイ＝ジャック・モローは『女性の自然史』の中で述べている。

男性と女性は身体上の性別、すなわちセックスが違うだけではなく、身体と魂、肉体と精神の**すべての面**において異なっているのである。

女性と男性は「一連の対立・対称」関係にある。*

*ラカー邦訳、p.17

医師ジャン＝ルイ・ブラシェは1847年の『ヒステリー概論』の中で指摘する。

女性の身体のどの部分も、等しくひとつの差異を示している。すべてが——額が、鼻が、眼が、口が、耳が、顎が、頬が——女性を表わしているのだ。

われわれの眼を内側に向け、メスの助けを借りて各器官、組織、繊維を外にさらしてみれば、いたるところでこの差異に出会うだろう。*

*ラカー邦訳、p.17

したがって、上下の関係の代わりに

女性は不完全な男性！

人々は**差異**にとりつかれるようになった。

女性と男性は正反対の、異なる、補完し合うカテゴリーに属している！

2つの性は異なっている（定義は困難だとしても、確実に異なっている）のだという考えが現在も支配的だとしたら、それはこの時代の名残。

平等

われわれスウェーデン民主党*は男女の差異の大部分は先天的で、目に見えるものにとどまらないと考える。

われわれはまた、男性と女性の特質は様々な点でお互いに補い合うものだと考える。

無作為に選んだ例

*訳注：スウェーデンの極右政党

でもどうして、この時代にこうした考えが現れたの？！

それはこの時代に社会全体が大きく変わったから。たとえば、宗教の権威は科学によって弱められた。だから、ただこう言う代わりに、

お前には権利がない。だって、**神様**がそれをお望みでないから！

科学的な論拠をみつけなければならなかった。

お前には権利がない。だって、お前には**子宮**があるから！

つまりお前は男性とは違うのだ！

＊「血の山」の章(p.99)も参照。

性器とセクシャリティは男女の差異に関するありとあらゆる概念を投影する絶好の対象となった。

女性のセクシャリティは弱々しいか存在しないものと見なされ、一方で男性のセクシャリティは力強く、制御し難いものとされた。

まさにそこから、女性のセクシャリティは感情の親密さに左右されるものだが、男性のセクシャリティは感情には関係のないものだという考えが生まれた。

女性は結びつきを持ちたいの(性的関係じゃなくて)。

男性は性的関係を持ちたいんだ(結びつきじゃなくて)。

敬具、19世紀より

こうして、それまで支配的だった男女の身体イメージが完全に覆された!!!

啓蒙時代以前、たとえば古代には、**女性**は肉欲を好み、好色で、本能的衝動のとりこだけれど、**男性**には自制心があり、より高尚で知的な友情を持ち続けることができると考えられていた。

女性では肉欲が優位。
おお！デメテルの秘儀よ！
おお！肉の喜びよ！
おお！オリーブ油を塗った汗まみれの上半身を舐めまわすことよ！

男性では理性が優位。
おお！哲学的議論よ！
おお！魂の結合よ！
おお！六歩格*についての友との議論よ！

敬具、古代ギリシアより

*古代ギリシアの詩の形式。

キリスト教の清教徒の伝統では、すべての女性はイブの子孫であり、したがって倫理観がなく自制がきかないことになっていた。そういうわけで「イブの娘たち」である女性は色欲と官能に、より簡単に身を委ねてしまうのだ。

女は油断ならない誘惑者だ！
これが証拠！

15世紀の魔女狩りの手引書は警告する。

肉欲は…女性においては際限がない。*

*Cott, Nancy : Passionlessness-An Interpretation of Victorian Sexual Ideology, Signs vol4 no2, Chicago University Press, p.220

しかし啓蒙時代以降、男性と比べて女性の性的欲求は少なく、さらに存在さえしないという、まったく新しい考えが受け入れられるようになった。

こうして、女性にオーガズムを感じさせる方法について議論する代わりに、オーガズムの存在自体が疑問視されるようになった。

オーガズムって何？
それは…小麦みたいなものだ。
ただし！新説によれば存在しないがな！

女性の性欲の不在は、この時代に、女性を男性と区別するしるしになった。

様々な要因が重なり、女性には性的欲求がないという考えが広まっていった。これは女性にとっては、腹黒く性的に不実な女性というキリスト教的な古いイメージを乗り越えるチャンスでもあった。性欲を取り除いた新しいイメージの登場を、多くの女性が歓迎した。

私たちは獣じみた誘惑者なんかじゃない！

その反対！今まで一度もセックスしたいと思ったことなんてない！

女性には性欲がないことになると、見せかけの権力のようなものが与えられるようになった。それ以来、女性は男性よりも徳が高いとみなされるようになる。* 社会主義者でフェミニズム活動家のアンナ・ホイーラー（1780〜1848）は書いている。

女性は、その精神的素質から、男性よりも法律をうまく定められる。

*Coit, p.288

リベラル・フェミニストで、最初のフェミニズムの著作のひとつである『女性の権利の擁護』を記したメアリ・ウルストンクラフト（1759〜1797）は言う。

間違いなく男性は女性に比べて欲望に左右されやすい！

私は、少女たちが寄宿学校で憶えるような「穢らわしく」、「淫蕩な習慣」に不本意ながらも警告を発せざるを得ない。

オナニーの隠語

*ラカー邦訳, p.273

しかし、社会の中での部分的な地位上昇のために（またはその代償として）、女性は自らのセクシャリティを完全に消し去ることになった。

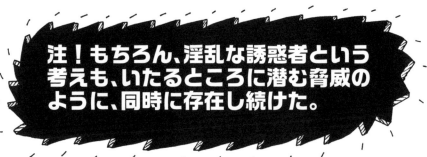

でも、19世紀に女性のセクシャリティがないものにされたのはどうして？

文化によってセクシャリティが作られるやり方を見れば、その理由がわかる。

オットー・アドラーのことを覚えているでしょう。このドイツ人医師は自分自身の研究を根拠に断言する。

およそ40％の女性は「性的不感症」である。

でも、われらがオットー・アドラーの研究を見てみると、非常に興味深い発見がある！

アドラーはオナニーでオーガズムに達することができる女性たちも「不感症」のグループに入れていた！

あぁーーん！！！！！
ふむ。診断、不感症。

その中には、われらが善良なるドクター・アドラー自ら、診察台の上でオーガズムに達するまで刺激してやった女性たちも含まれている！

あーーーっ！！！！
ふむ。診断、不感症。

つまり、アドラーは「不感症」という言葉を**女性が男性とのセックスで、ペニスの膣への挿入によってオーガズムを得られない**という意味で使っているのだ。

その女性がオナニーで、あるいはクリトリスへの全く別の刺激によって容易にオーガズムに達することができることは**考慮されない。**

何年か後にフロイトが膣オーガズムとクリトリスオーガズムという有名な対比を定式化したのも、セクシャリティについての同じ文化による、ものの見方に基づいてのことだった。

そう、1905年にフロイトは完全にフリースタイルで何の根拠もない、まったく新しい学説を打ち出した。未熟な少女はクリトリスによってオーガズムに達するが、成熟した女性の性感は膣オーガズムに由来する、という学説だ。

クリトリスオーガズムは未熟な少女のもの！

膣オーガズムは成熟した大人の女性のもの！

フロイトもアドラーとまったく同じように、男性とのセックスで、ペニスの膣への挿入によってオーガズムに達することができない女性は不感症とみなすべきだと主張した。

セックスでオーガズムを得られない女性

（その夫が非の打ち所がないパートナーの場合）

クリトリスへの刺激をどんな性行為よりも好む女性は

不感症だとみなすことができ、したがって精神分析の助けを必要としている。

フロイトはきっぱりと言う。大人にとって、オナニーや他の形でのクリトリスへの刺激は不適切で無益な行為であり、女性は異性愛のセックスによるペニスの膣への挿入だけに関心を持つべきである。それが、女性にとって健全で許容可能な唯一の性行為の形である、と。

女性のセクシャリティにとって、きわめて憂鬱な新時代の幕開け。

「2000年の間、貴重な宝石」*だったクリトリスが、以来、闇に葬られた。

様々なテキストを分析してみると1900〜50年の間は「クリトリス」という言葉がほぼ用いられていないことがわかる。

*ラカー邦訳、p.313

医学の文献では、女性器の図解中にクリトリスの位置を示さず、名称も出さないことが非常に多い。1981年になっても、Taber's Cyclopedic Medical Dictionary（アメリカの分厚い医学用語辞典）では、性器の図中でクリトリスに言及していない。*

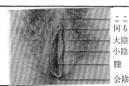

ここには何もない！！！
大陰唇
小陰唇
膣
会陰

*Chalker, Rebecca : The Clitoral Truth. Seven Stories Press, 2000, p.85

性的快楽の中心としてのクリトリスはただ沈黙に付され、膣にとって代わられたかのよう。

ここでも、男女の性器および性別は**正反対**で、**異なっている**とする異性愛規範の文化的構築物が見てとれる。ペニスと膣は当然正反対のものとして示され、片方がもう一方のために存在している対になった性器とされる。この考えでは、クリトリスは歓迎されない。

手袋と手みたいに！

しなやかさと硬さ！

傷口と槍！

陰と陽！

でも、勃起する小さな器官もあって…

しーっ！

空気読め！

フロイトはクリトリスを「男性的器官」と呼んだ。

男性的器官によってオーガズムに達するのは未熟な少女だけだ！

膣オーガズムを上位とする主張のせいで、クリトリスの刺激でしかオーガズムに達することができなかった何世代もの女性たちが、自分のセクシャリティは存在しないか不完全なものであると考えていた。

マリー・ボナパルトは、自分はクリトリスの場所がおかしいのに違いないと結論した。膣から離れすぎているのだ、と。

そして彼女はクリトリスを膣に近づけてくれる外科医を探した！

つまり、ボナパルト大公妃はゲオルギオス大公の手の位置を変えるよりクリトリスの位置を変える方が簡単だと考えたわけ！

残念なことに手術は失敗し、マリー・ボナパルトが夫のゲオルギオス大公とのセックスで膣オーガズムに達することはなかった。

1960年代終盤、マスターズとジョンソンという2人の研究者が性科学史上初の研究を発表し、**大きなブレークスルー**を起こした。彼らは――驚くべきことに！――クリトリスが女性のセクシャリティの中心だと証明した。

> びっくり！クリトリスは女性のセクシャリティの中心！

> 研究に10年もかかった！

※テレビドラマ『マスターズ・オブ・セックス』を参照。

これは、とんでもないことだ。なぜなら、

女性はオーガズムをもっぱらクリトリスで感じるというマスターズとジョンソンの発見は、17世紀の助産婦なら誰でも知っていたであろう*から。

大きな忘却の波が20世紀初めの科学界に広がって、その結果、何世紀もの間知られていた事実が革命的だともてはやされるようになったのだ。

※ラカー邦訳、p.314

1967年、フェミニスト シェア・ハイト*は、女性がオーガズムに達する方法についての調査結果を発表した。彼女は女性の3分の2は膣へのペニスの挿入が終わっても**満足しない**が、クリトリスの刺激ではオーガズムに達することができると明らかにした。

> 女性の3分の2はマリー・ボナパルトと同じ。

これらの結果をもとに、シェア・ハイトは社会の「セックス」のイメージに関するより広範な批判を発表した。その中で彼女は、私たちの文化では「セックス」が、男性がもっともオーガズムに達しやすい方法を基準に作られていると主張した。

> じゃあ、「セックス」イコール俺が一番簡単にイケる方法ってことにしよう。

> いいね!!!

*アメリカ生まれのドイツ人性科学者、エッセイスト。彼女のレポートは発表当時、大きなスキャンダルを呼び、著作と著者の立場に対して無数の攻撃を受けた。ハイトは1995年にアメリカ国籍を放棄し、ドイツに帰化した。

その意味で、カテリーナ・ヤノーホによる「前戯がうまくいく超クールな7つの方法」という記事は典型的だ。（スウェーデンの日刊紙「エクスプレッセン」2010年5月27日号掲載）

> 多くの女性は本題に入る前に
> 少なくとも20分間の「ウォームアップ」
> が必要である。

> どういうこと？セックスは「本題のセックス」と「本題じゃない前戯」に分かれるっていうの？で、多くの女性が必要としていることは「本題のセックス」には入らないと？

もうひとつ奇妙な箇所がある。この記事は「超クールな前戯」のひとつとして ご主人様とメイドプレイ をすすめている。

> 洗剤は税金の控除対象かな？
> はい

> 「多くの女性」が「本題」に入る前に「少なくとも20分間」メイド役を演じる必要があるなんてこと、ほんとうにある？

> 知らないけど！私はセックスの専門家じゃないからね！

とにかく！クリトリスをヘテロセックスの中心に据えることだって同じようにできたはずだし、その前と後にすることは全部、それぞれ「前戯」「後戯」って呼んだってよかったはず。そしたら女性がオーガズムに達した後、男性を満足させるために彼にかまうかどうかは、それぞれのカップル次第だったかも。男も女と平等って思ってる優しい女の子だったら、なげやりに少しだけ彼に『手でして』あげるだろうけど。話についてきてる？

それから数年後、看護師のビバリー・ウィップルが新しい発見をひっさげて登場する。Gスポットだ。彼女によれば膣前壁には、刺激するだけでオーガズムを引き起こす領域が存在するという。

これにより、膣オーガズムかクリトリスオーガズムかという古くからある論争が再燃した。

たとえば、雑誌『プレイボーイ』は書いている。

Gスポットの発見は、シェア・ハイト流のクリトリスの圧政から男性を解放するだろう。*

*2011年のドキュメンタリー映画『Gスポットを求めて』より。

しかし──数千年にも及ぶなんの役にも立たない研究の後で──やっとほんとうに興味深いことが起こったのは1998年になってから。

まさにこの年、オーストラリアのロイヤルメルボルン病院のヘレン・オコンネルがクリトリスの亀頭は氷山の一角にすぎないと発見した！実は、クリトリスは長さが7〜10cmあり、2本の根と、膣の両側を部分的に挟み込む2つの海綿体球を備えている。性的興奮によってこれらの器官全体が膨張する。

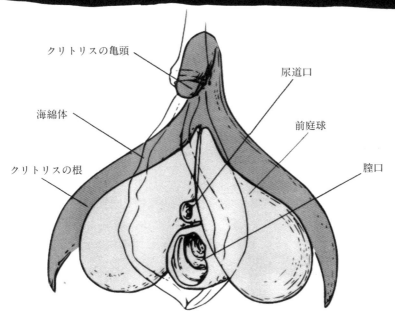

クリトリスの亀頭
海綿体
クリトリスの根
尿道口
前庭球
膣口

ここ数年の様々な研究によると、クリトリスは私たちが思っている以上に大きく、その神経の末端は人体のかなり広い範囲に広がっているらしい。

こうして、膣オーガズムかクリトリスオーガズムかという議論はすべて時代遅れとなった。だって、すべてのオーガズムはクリトリス複合体に由来するのだから。*

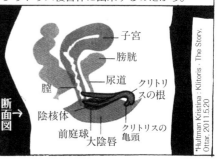

子宮 / 膀胱 / 尿道 / クリトリスの根 / 膣 / 陰核体 / 前庭球 / 大陰唇 / クリトリスの亀頭 / 断面図→

*Hultman Kristina : Klitoris - The Story, Ottar, 2011.5.20

フランスの婦人科医オディール・ビュイソンは言う。

膣前壁はクリトリスと不可分であり、クリトリスの興奮なしには膣の興奮はほとんどありえない。

つまり、膣オーガズムはクリトリスオーガズムの別名でしかない。*

*The Journal of Sexual Medicine, 2012.4

注！クリトリスの大きさが発見されたのは<u>1998年</u>になってから！！

もしも、たとえば膵臓のような人間の他の臓器について1998年まで関係者全員が間違った記述をしていたとしたらどう思う?!

膵臓の大きさは……1cm！

根拠、印象。

しかも、臓器の本当の大きさが判明して何年もたつのに、こんな間違った情報が載っている生物の教科書が2006年に刊行されて今でも使われているとしたら？

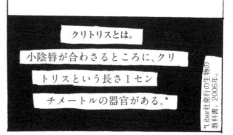

クリトリスとは。

小陰唇が合わさるところに、クリトリスという長さ1センチメートルの器官がある。*

*Liber社発行の生物の教科書、2006年。

とにかく！
性器にまつわる現代の考え方は19世紀に生まれた。そして今日でも、性的アイデンティティは解剖学および、「正反対で、共通性のない、補い合う2種類の性別がある」という考えに結びつけられている。

たくさんの例から、言語によってセクシャリティの対照性あるいは相補性が補強される方法を見てとることができる。たとえばクリトリスの勃起とペニスの勃起を例にとると、今日の生物の教科書ではふつう性的興奮はこんなふうに記述される。

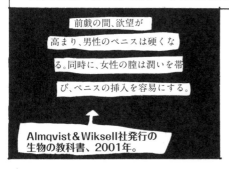

前戯の間、欲望が高まり、男性のペニスは硬くなる。同時に、女性の膣は潤いを帯び、ペニスの挿入を容易にする。

Almqvist＆Wiksell社発行の生物の教科書、2001年。

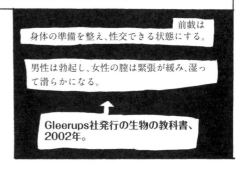

前戯は身体の準備を整え、性交できる状態にする。

男性は勃起し、女性の膣は緊張が緩み、湿って滑らかになる。

Gleerups社発行の生物の教科書、2002年。

男子が性的に興奮すると、ペニスが硬くなり、性交が可能になる。

女子の場合、性的興奮時に膣の弛緩と潤滑化が起こる。

Bonnier社発行の生物の教科書、2005年。

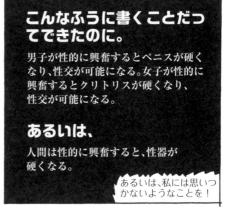

こんなふうに書くことだってできたのに。

男子が性的に興奮するとペニスが硬くなり、性交が可能になる。女子が性的に興奮するとクリトリスが硬くなり、性交が可能になる。

あるいは、

人間は性的に興奮すると、性器が硬くなる。

あるいは、私には思いつかないようなことを！

また別の例！200年もの間、男女の差異に夢中になっていたせいで、女性の潮吹きのような、男女のセクシャリティの共通性はまったく話題にされてこなかった。

17世紀の医学書は潮吹きを深く掘り下げているけれど、その後1980年代に看護師ビバリー・ウィップルがこのテーマの研究に着手して発表するまで、潮吹きは文献から姿を消していた。

20世紀のほとんどの時期で、女性の潮吹きは尿失禁として扱われていて、しかも今でもそう言われている。

潮吹きは女のオーガズムとは関係ない！

おしっこしてるだけ！

たとえば今でもイギリスでは、映画の中で「潮吹き女」を見せることを法律で禁じている。画面に見える液体は尿で、法律によればセックスと関係のある尿は猥褻だということだから。

私が言いたかったのは、女性のセクシャリティとオーガズムに関する議論は**すべて**、**常に**男性の身体、セクシャリティ、オーガズムを基準に組み立てられているということ。

女性のセクシャリティは、最初は男性のセクシャリティに「劣る」ものとして、それから反対のものとしてみなされるようになった。

けれども、それだけで完全なひとつの存在とみなされたことは一度もなかった。

この章おわり！

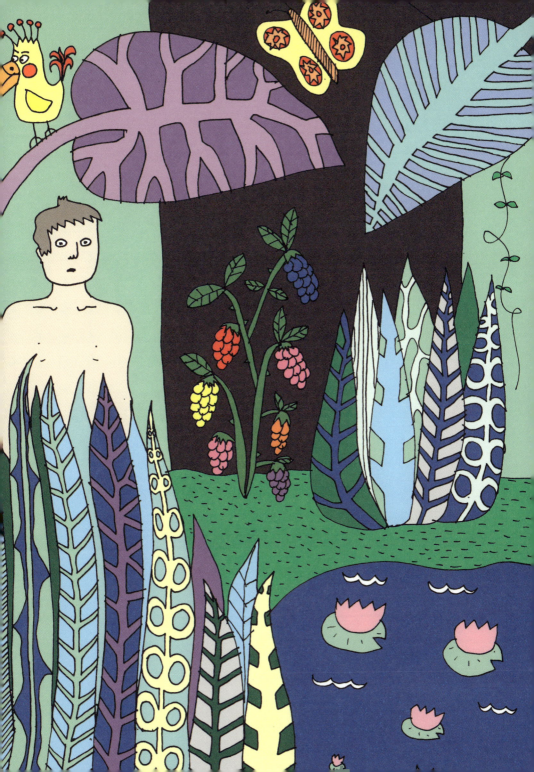

イブの気持ちがわかる

あるいは、

私たちの母イブが追われた楽園を追い求めて

ある本で読んだ。罪悪感と恥の違いは、罪悪感は自分がしたことに対して感じるものだけど、恥は自分が<u>そうであること</u>に対して感じるものなんだって。

神様は人間が禁断の果実を食べたのを見つけると、怒って彼らをエデンの園から追放した。

その時、アダムとイブは自分たちが裸だって気がついた。2人は性器が恥ずかしくなって、イチジクの葉でビキニを作らなくてはならなかった。

イブは言う。
生理がきた時、生理用ナプキンを買ってってお母さんに頼めなかった。

それで、パンツのなかにトイレットペーパーを詰めて、セロテープで留めようとしたんだけど、もちろんうまくいかなかった。

生理用ナプキンとタンポンの広告では、(販売戦略の中であまりにも目立つ) 2つのコンセプトがいつも繰り返されている。ひとつめは「爽快感(フレッシュ)」、ふたつめは「安心・ガード」だ。

生理中でも爽快・安心でいるために ♥

毎日清潔で爽快、自信に満ちあふれていることがどんなに大切かをアクティブな女性は知っている。

生理中でも、いつも爽快・快適でいたいよね？

どんなに動いても安心！

自分に合ったナプキンを選べば、もっと安心。

爽快

しっかり

感覚

安心

いつもこんなに爽快。

どんな

毎日爽快でいられる
ように。

生理

日でも

一日中爽快でいたい日に。

しっかりガードしたい日にぴったりの快適なナプキン。

もっと安心できる、使い心地のいいナプキン。

もっと安心でいたい日に。

生理中でも楽しく、爽快で自信を持っていて。

デオドラントやリップクリームをつけるのは、自分自身をケアすること。おりものシートも気持ちのよい毎日のための習慣のひとつ。あなたが自分の体に自信を持って、爽快で女性らしくいられるように。

なんで、よりによってこの2つのコンセプト？どうして、生理の時に自信を持たなくちゃいけないの？それに、ガードするって何から？？？？

何って、それは生理の血のモレから。血が腿(もも)をつたってパンツやシーツを汚したり、最悪の場合ソファや椅子や、人が見えるところにシミをつけちゃいけないから。

シミをつけそうな別のシチュエーションを考えてみて。酔っ払って、ボジョレー・ヌーボーを自分と友達、友達のソファの上に盛大にこぼしちゃった時、「安心」できないとか「自信」がないとかは言わないでしょ。

私たちが生理の時に恐れているのはボロ切れでシミ抜きをするとか、給料の出ない家事を余分にすることじゃない。違う。私たちは**生理中だと見破られるのが怖いの！**

タンポンのメーカーがホームページではっきりと言っている。

この ■■ のタンポンは簡単にポケットや手の中に忍ばせることができて、トイレに行くときに手の中にあるものを見られずにすみます。

別のメーカーも。

誰もあなたが生理中だとは思いません。安心してください。モレを完璧に防ぎます。

**だけどなぜ、あなたの手の中にあるものを誰にも見られてはいけないの？
なぜ、生理だと思われてはいけないの？**

なぜって理由は明らか。生理がタブーだから。

文化によって状況は違っていたけれど、2000年もの驚くほど長い間、生理はタブーだった。

「タブー」という言葉はポリネシア諸語の"**TUPUA**"というまさに**生理**を意味する語に由来するという説もある。*

*Delanay, Janice., Lupton, Mary Jane & Toth, Emily : The Curse - A Cultural History of Menstruation, Dutton, 1976, p.1

歴史上、膨大な文化が生理の血を汚いものと考えてきた。

たとえばレビ記は生理の汚(けが)れについて、めちゃくちゃ長いパッセージを割いている。

つまり：

女に流出があって、その身の流出がもし血であるならば、その女は七日のあいだ不浄である。すべてその女に触れる者は夕まで汚れるであろう！【15：19】

その不浄の間に、その女の寝た物はすべて汚れる！

またその女のすわった物も、すべて汚れるであろう!!【15：20】

すべてその女の床に触れる者は、その衣服彼は夕まで汚れるであろう!!【15：21】

すべてその女のすわった物に触れる者は皆その衣服を洗い、水に身をすすがなければならない。彼は夕まで汚れるであろう！【15：22】

またその女が床の上、またはすわる物の上におる時、それに触れるならば、その人は夕まで汚れるであろう!!【15：23】

* WordProject「レビ記」

歴史上、生理の血は汚れと見なされただけでなく、毒であり、破滅をもたらす破壊的な力があると信じられていた。

ローマの博物学者、大プリニウス(23-79年)は……『博物誌』の中で生理の血について書いている。

それに触れると新酒が酸化し、

それに触れた植物は成熟しない。

種子は乾上がる。

木々の果実は落ちる。

鋼鉄の切り口も象牙のつやも鈍る。

ミツバチの巣も死ぬ。

青銅や鉄もたちまち錆にとりつかれ、

恐ろしい臭気が空中に充満する。

それを舐めるとイヌは発狂し、

毒が染み込んでそれに咬まれると治らない。

非常に小さいアリすらそれに対しては敏感で、経血に触れた可能性のある**穀粒は放り投げて二度と触れようとしない**という。

※『プリニウスの博物誌 第1巻』中野定雄、中野里美、中野美代訳、雄山閣、1986年、p.308

もっと後の時代の中世の魔女狩り裁判についての文献でも、昔から続くこの生理嫌悪は明らか。魔女が社会に与える悪影響についての論争に迷わず参加した教皇のひとり、教皇インノケンティウス8世は1484年に勅書を出して、生理について布告している。

これらの呪われた女どもは
地の恵み、ブドウの実、果実、ブドウ畑、果樹園、牧草地、牧場、トウモロコシ、小麦、その他穀物を呪った。動物に病気をもたらし、家畜の仔を殺し、**男性が性行為を行い、女性が妊娠するの**を妨げた。
　　　　　敬具、インノケンティウスより

他の人の文章を写したのがバレませんように。

すごい！やっと魔女問題に取り組んでくれる人が現れた！

こんな重大な社会問題を政治的に正しくないって理由だけで、取り上げないなんて考えられない！

トークショーでその話しない？

多くの例が生理の血の破壊力をめぐる迷信が、かなり最近まで続いていたことを示してる。

洗濯ひもやはしごの下を通ってはいけないジンクスは、生理に対する恐れに由来するという説がある。まるで、通行人が生理の血をしっかりガードしていない女子に、頭の上に血を垂らされるのを恐れているみたい*。

*The Curse, p.6

1920年代のスウェーデンでは、長持ちしないので生理中にパーマをかけちゃだめだと広く信じられていた。

*The Curse, p.8

19世紀のサイゴンでは女性は決して阿片産業で雇われなかった。生理中の女性がいると、製品の品質が下がると考えられていたから。

生理中の女性は危険で破壊をもたらす！ここではいらない！

でも**阿片**には文句なし。

*サイゴン阿片業界の意見。

紀元前1万年に遡るトルコのギョベクリ・テペ遺跡は、現在知られている最古（ストーンヘンジの7000年前!!!）の宗教遺跡。中にある神殿ではこんな絵が見つかっている。

(BBCのドキュメンタリー映画「聖なる女性——神が少女だったころ」
(Divine Women : When God was a Girl) 2012年より模写)

ドイツ中部ホーレ・フェルスの洞窟では、点線を描いた1万5000年前の石が見つかっている。考古学者によればこれは月経周期を表すカレンダーだそう。(『シュピーゲル』2012年11月9日)

たとえば、ヒンドゥー教みたいな多神教の宗教では、今でも神の化身が女性の姿で表されることがある。そうした宗教では、出血する女性は宗教的な意味合いをもって描かれている。

*インド南部の木像。Vulva, p.79

昔も今も原住民族には、生理を宗教／魔術／実存に結びつけている例が100万件近くある。

「タブー」の語源で「生理」という意味もあったポリネシア語の「TUPUA」(または「TAPU」)についてはさっき取り上げたけど、この語のいちばんふつうの訳は「神聖」。*

つまり「タブー」に「きわめて不快」という意味はなかった。それはキリスト教の入植者が押しつけようとした価値感。

他に「TAPU」であるものは、たとえば「墓地」「入れ墨」や、「血まみれになって戦争から戻ること」など。

*ユーリア・イェルツ、ありがとう。この情報を教えてくれて。

心理学者ブルーノ・ベッテルハイムは、最古の男性通過儀礼の多く——割礼や儀式的な瀉血、あるいは男性器の出血をともなう他の儀式——は、生理を模倣しようという試みと解釈できると主張する。

これらの儀式は男性の生理への羨望を表している。このことは、出産能力を重視する宗教で、生理が占める高い地位から説明できるだろう。*

ブルーノ

*The Curse, p.224

このような通過儀礼のもうひとつの例に尿道切開がある。これは、尿道にそってペニスの下部を切る性器切開のこと。施術の結果、男性は出血し、ペニスが外陰部のようになる。*

儀式はオーストラリア、アマゾン、ケニア、ハワイ、サモアの様々な原住民の間で行われている。** そして、最近は退屈しのぎにピアスをしたり、レザーの服を着たりしている白人男性の間でも。

**The Curse, p.224

どんなものか見てみたかったら、「尿道切開」で画像検索してみて

家父長制的宗教が現れた時、生理が男性神のライバルになったり、宗教上の地位を獲得したりしてはいけないのは明らかだった。たぶんこれが、家父長制的宗教が生理に対して攻撃的な書き方をする理由。

よし。生理について言えるのは**おぞましい**ってことだけだ！

民衆も、

でも、ちょっとは神聖かつ魔術的だったりしない？

おぞましくて汚れているだけ！

生理がある者はおぞましくて汚い！

たとえば工業化以前のスウェーデンの農村では、生理の血は家畜の様々な病気の治療に使われていた。それに、媚薬としても！ *

ある民間信仰では、女性が生理の血を数滴、ブランデーかコーヒーに混ぜて男に飲ませると、その男は「彼女に夢中になる」と言われていた。

*Denise, Malmberg, Skammens roda blomma? (恥辱の赤い花？), p.92

村の男が若い娘への恋に「とりつかれた」ようなとき、その娘が呪いをかけたのだと疑われた。

農民の息子が突然農場の召使いとの不適切な関係に熱をあげた場合、それはきわめてありそうなことだった。

こうした方法で愛に目覚めさせることは、不道徳とされ、実践する娘は淫売とみなされた。*

恥知らずな汚い売女!!

*Malmberg, p.97

また、こうした愛は低俗で、長続きせず、パートナーとの喧嘩が絶えないだろうと思われていた。*

*Malmberg, p.94

1839年の証言では、ある男が若い頃、女性にコーヒーをごちそうされた経験を語っている。

生理の血は魔術的な力が備わっているとされ、貴重なものと考えられるようになった。特に、手に入りにくかった人たちにとっては。

これから少し月経前症候群(PMS)の話をするよ!!! →

1968年、生理周期の様々な段階で見る夢について、女子大生を対象としたアンケートが行われた。その結果、生理前(3～4日)の時期に、頻繁に夢に見られるテーマは、たとえば、死／死の恐怖／漠然とした不安／恥に関する恐怖／去勢の恐怖に関連したものであることが明らかになった(The Curse, p.74.)。

指に傷がある夢を見ます。
血が出ていて、
全然止まらない。

ずっと夜のままの
夢を見ます。

決して取り返しの
つかない失敗を
する夢を見ます。

誰かが死ぬ夢を見ます。

私のせいで誰かが
死ぬ夢を見ます。

イブになった夢を見ます。

岩の間に
挟まってしまう
夢を見ます。

裸で、恥ずかしく
思っている
夢を見ます。

わたしがあまりにもバカなせいで、
みんなに笑われている夢を見ます。

自分の胸を見ると、
くぼんで、つぶれていて、
炭鉱みたいに真っ黒と
いう夢を見ます。

子どもたちがいなくなる夢を見ます。

死にたくないと思っている
夢を見ます。

死ぬ夢を見ます。

これらの夢から、「生理前のテーマ」を分類することができる。たとえば、

無能
様々な劣等感

敵意
様々なものに対する嫌悪感

「カミナリが怒りを表すのが嫌い！陳腐なたとえ！」

死
無情さへの悲しみのような、はかない被造物であるがゆえに感じる、存在の深い痛み。

この研究をどう考えるにしても、身の回りを見渡すだけで、生理前にこういった感情を抱く女性はたくさんいることがわかる。みんなじゃないけど、でもそういう人はいる。

まるで生理前の数日間に、ある人たちでは回路が開いて、ダークサイドへの感受性が高まるみたいに。

生理周期のこの時期を感受性と鋭さの高まる時期として経験する人たちもいる。もちろんそれは過酷だけれど、同時に（たとえば創造性の面では）興味深く豊かなものでもある。

あるシンガーソングライターとこの話をしたことがある。毎月生理の2日前の恐ろしい悲しみを、彼女は作曲のために待っているのだと語ってくれた。この悲しみは創造の原動力として作用するから。

「私は調和がとれた幸せな生活を送ってるから、PMSが原因のこの苦しさがなかったら創造に向かう力が湧いて来ないと思う。」

ようやく出血が起こると、解放感や安心感が呼び起こされて創造性が高まる。ヴァージニア・ウルフは1928年2月18日の日記に書いている。

昨日『オーランドー』の中の最も生きいきした、最もきらきらしたページを書こうと思っていたのだが——まったく、ただの一滴も出て来なかった。いつもの肉体的理由のために。ところがそれらのページは今日生まれてきた。
＊『ある作家の日記』ヴァージニア・ウルフコレクション、神谷美恵子訳、みすず書房、1999年

世にも奇妙な感じ。まるで脳内の考えの流れを一本の指がとめてしまうみたい。封がとれると血液が辺り一面に奔流する。

世界ははかなくて嘆きしか生まない場所だけれど、もし私たちが望めば、PMSを、そんな世界のありのままの姿を見ることができる特別な場所と考えることだってできるし、光の当たる空き地とみなすことだってできる。

もし、今が母権制社会だったら、月経前症候群には19世紀の男たちのメランコリーだとか、最近の男性ポッドキャスト作家たちと同じような、**ものすごく**高い位置が与えられていたはず。

もし、二元論に基づく社会じゃなかったら、たぶん生理もPMSも
特定の性別に結びつけられることはなかったはず。
　そして、たぶん「考える人」は、今の見かけの**ままでも**、
　　生理前のメランコリーの表現と解釈**されてた**んじゃない？

もしそうだったら、私は
この章の最初のイラストを
こんなふうに描いていたかも。

男子アイススケート

あるいは、もっと
全然違ったふうに！
でも、私は常識人
すぎるから、何も
思いつかなかった
かもね!!

えーと、何の話をしてたっけ?!!?
あ、そうだ。

PMS!!

PMS（月経前症候群）は古代ギリシアにもあった!!

ほんとのほんとに!!!

古代カッパドキアの医師・哲学者アレタイオスによれば、メランコリーは「女性では生理とともに」、「男性では痔の出血による変化の後に」起こり、2つは同じものと思われていた。

そうだ、知ってのとおり、生理が始まると……

*トマス・ラカー邦訳、p.60参照

古代ギリシアでは、股間から出血があるかどうかで、男女の体の違いを区別したりはしなかった。だって、大切なのは血を出すことそのものだと考えられていたから。*

プラトンのPMSにはうんざり!! 泣き言ばっかり！
ソクラテスもまったく同じ！
大騒ぎよ！
ほんと大変！

*ラカー原書、p.84

何世紀も後になって（正確には19世紀だけど）、女性の体が男性の体と**生物学的に異なる**ことが**とても重要な**意味を持つようになった。

理由は政治的なもの。以前は、社会の中で女性の権利が制限されている理由を説明するのに、神様を引き合いに出すだけで十分だった。

女性は男性の世話をしなくてはならない。
……**神**がそれをお望みだから！
神が私にそう言ったんだ。
まじで。

でも19世紀になって、ある程度の科学的説明が必要になると、女性の地位が男性より劣っている科学的根拠を見つけなければならなくなった。

女性は男性の世話をしなくてはならない。……**生物学的に**それに向いているからだ！
自分で発見したんだ！
まじで。

この時突然、生理はとても大きな政治的関心の的となった。

奇妙にも、たとえばホルモンの変動があるから女性は子育てに向かないと主張する研究者や医師を、私は歴史上ただのひとりも見つけられなかった。

今まで誰も、月経前症候群の女性は子どもを叱りすぎるから、男性が子どもと家にいて、女性は仕事に出た方がいいという研究を発表していない。

なんで？！
グループで話し合うべき!!!

それは ともかく

19世紀に、トレンドだった生理に関心を持った人物といえば、ジークムント・フロイト。

フロイトが生理に関心を抱いたのは、ヴィルヘルム・フリースという耳鼻咽喉科の医師との**激しい男同士の友情**がきっかけだったかもしれない。

フリースは**生理マニア**だった！
え、どうして？って、あなたのような聡明な読者は思うでしょう。

むしろ耳とか鼻とか咽喉マニアのはずじゃない？

聡明な読者

その通り。でも、フリースはまさに、鼻と女性器には関係があると考えていた！『鼻と女性器の関係』っていう本まで出している！

* 『鼻と女性器の関係』

フリースはその中で、鼻血を生理と関連づけたり、くしゃみをオーガズムと関係づける理論を試みている。彼は治療として、鼻の中にある「生殖点」に、たとえばコカインを塗ることで、性器に現れるさまざまな問題を治療できると主張した。

鼻にコカインを塗ってもまだ性器に違和感がありますか？

いいえーーー!!
すっごく**元気**です！

フロイトは彼のかわいい耳鼻咽喉科医師が**大好き**だった!! 彼らはおよそ10万通の手紙をやりとりして、妻たちの生理について延々と語り合っていた。熱心に取っていたメモを元に、彼らはありとあらゆることに結論を下した。*

*Lupton, Mary Jane : Menstruation and Psychoanalysis, University of Illinoios Press, 1993.

男同士の友情ってどんな感じか、みんなよく知ってるでしょ!!

女子がするみたいに、ベッドに横になって自分の気持ちを話すだけじゃ足りないの!!!!

そう、一緒に何かしなくちゃいけない！ビデオゲームをしたり、スケートやフィールドホッケーのろくでもないチームに参加したりしないとダメなの。それで、フロイトと彼のかわいい耳鼻咽喉科医も一緒に何かをしたいと思った。

彼らは同じ患者を治療し始めた。

フロイトと彼のかわいい耳鼻咽喉科医にとって、これは超クールなことだった!!! だけどかわいそうなエマ・エクスタインみたいな患者にとってはそうでもない。彼女はフロイトにこんなふうに打ち明けてしまうミスを犯した。

エマのケースについて大親友のフリースと相談し、2人は解決策を見出した。

それはすぐに実行され、フリースはエマにいい加減な鼻形成手術を施した。

彼のいい加減さは2週間後に明らかになる...

→

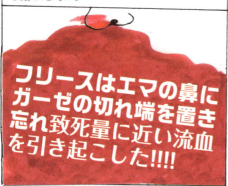

さて！この章の最初の疑問に少しだけ戻ってみよう。

どうして生理用ナプキンとタンポンのコマーシャルはあんなにしょっちゅう「爽快感」って言葉を使うのかって疑問に。

爽快感 爽快感

つまり、こういうこと。 企業は、「爽快感」をうたって製品を売り出すと同時に、生理を爽快感とは反対のものにする。爽快にさせてもらう必要のある、なにか**気持ち悪い**ものに。　→

生理用ナプキンの広告にある「爽快感」や「清潔感」には、大きな矛盾がある。

もちろん、見てきたようにこれはぜんぶ、家父長制が原因。しかも、この状況は明らかに今もそのままで、使い捨て生理用品を普及させようとするこの社会の強い意志を支えている。

おりものシートはデオドラントやリップクリームと同じで、毎日のケアのためのもの。

ナプキンの原料の90%は原油で、自然界にいつまでも残ってしまう物質。

微粒子になって散り散りになったとしても、私たちの食をつくる水や大地を汚染し続ける。

プラスチックを燃やすと、水を汚染するダイオキシンが空気中にばらまかれる。

スカンジナビア半島では、毎年9000万枚のナプキンとおりものシートが焼却され埋められている。(www.ekohygien.se)

だから、ナプキンが「毎日の爽快感と清潔感」をもたらすと言う代わりに、プラスチックを含んだナプキンのもっと正確な描写をすれば、こう。

「500年続く不潔感と不快感！」

ナプキンメーカーが「爽快感」という言葉にこだわる理由は、投影という心理学の理論で説明できる。

投影は自己防衛の心理的メカニズムであることが知られている。自己のイメージを守るために、自分の弱さを否定して、それを他の人のせいにすること。

そういうわけで、ナプキンメーカーが生理は汚くて、自社の製品は爽快感をもたらすと主張するのは、まさに実際はその反対だから。

だから、月経カップみたいな再利用可能な衛生製品を使いましょう。

くわしくはGoogleで調べてね。

あともうひとつ。
生理について
もうひとつだけ。

実存や創造のテーマあるいは現象・経験としての生理が私たちの文化から消し去られ、生理の経験を公に表現できる機会がほとんどないことは残念に思えるかもしれない。

でも、精神分析学者ブルーノ・ベッテルハイムはきっぱりと言う。私たちの文化は生理の象徴的な表現にあふれている、と。

ベッテルハイムによれば、民話は様々な通過点について集団的な経験を語る手段。そんな通過点では古い「私」が死んで、新しい「私」に取って代わられる。初潮も、子ども時代から青年期への移行を表す、こうした大事な通過点のひとつだ。*

たくさんのおとぎ話に生理のテーマが登場するのはこういうわけ。

*ベッテルハイム原書、p.45

でも、ブルーノみたいに生理の象徴探しに熱中しすぎないでね。放っておいたら、ブルーノはスクービー・ドゥーにだって生理の象徴を見出しかねないんだから!!! やれやれ。

スクービー・ドゥービー・ドゥー!

これは「排卵」の象徴。

とにかく、おとぎ話って知ってるでしょう!!! あれは**ぜんぶ**邪悪な力に脅かされている思春期前後の女の子の話。

眠れる森の美女は糸車の針で指を刺して眠りにつく。
イタッ!
ア!
白雪姫は毒リンゴをかじってセクシーな昏睡状態に。
シンデレラの義理の姉たちは、足の指とかかとを切ってガラスの靴を血だらけにし、魔女の娘だと王子様にばれてしまう。
イタッ
などなど!

その中でたぶん一番目を引くのは、男がセクシーな昏睡状態に沈む女の子をキスで目覚めさせるっていうあの古典的展開。このテーマ(たぶん、ジュリアン・アサンジ*にもインスピレーションを与えたんじゃない?)が、私たちの文化の中でこれほど人気があり愛されているのはどうして?? **何百世代にもわたって口承伝承で現代に伝わるほど人気なのは!!!**

だけど、ベッテルハイムが論じているのはみんな大好きなおとぎ話に出てくるアサンジ流目覚ましじゃなくて、生理の主題。彼にとって「眠れる森の美女」は何よりもまず、生理についての物語。

「眠れる森の美女」は何よりもまず、生理についての物語!

でも、どうして「眠れる森の美女」は何よりもまず、生理についての物語なの?????

*訳注:ジュリアン・アサンジとは、内部告発サイト「ウィキリークス」の創設者。眠っている女性に対して、本人の合意なしに避妊具を用いず性交に及んだことから、スウェーデンで性的暴行容疑の捜査対象となっていた。現在、捜査は打ち切られている。

この解釈によれば、眠れる森の美女とは、初潮による変化に疲れ果て、植物人間みたいになってしまった怠け者の少女のことだ。
周りの人々には、この時期は100年も続くように感じられる。

こら、だめだって！

いま何時だと思ってるんだ?!

まだ寝るつもりか？

ベッテルハイムは書く。

多くの親は何も起こっていないかに見える子どもたちの静かな変化を心配する。目に見えることをすることで問題を解決できるという考えが広まっているせいだ。

「眠れる森の美女」は落ち着いた思索の時期が結局は(よくあることだけど)もっとも実りの多い時期だと示している。*

「眠れる森の美女」の期間が終われば、女の子は自分で起き上がり、また外に関心を向けて、誰かにキスすることだってできるはず。

*ベッテルハイム原書、p.267

眠れる森の美女は考える。

わたしは心理プロセスの真っ只中。
ばかなヒッピーみたいな何かに
今はかかずらっている。
この深い血の海をなんとか渡っていかなきゃ、
これから100年の間、死について考えながら。

眠れる森の美女よ!!!!
血を流し、まだ温もりを残している
深紅のバラの壁が
死んだようなお前の学生時代を取り囲み
困惑した人々がそこから出てくる
燃えさかる花のように。

眠れる森の美女よ!!!

怖がらないで!!!

©Livia Rostovaniy

作：リーヴ・ストロームクヴィスト（Liv Strömquist）

1978年生まれ。スウェーデンの女性漫画家。コミック雑誌『Galago』等で連載を持つ。

子どものころから漫画を描き、大学で政治学を学んだ後に、イラストと研究、ポップカルチャーをミックスした作品を制作し始める。ライオット・ガール・ムーヴメントのDIY精神に影響を受け、2004年頃から友人たちとジン（自主制作の出版物）を作り始めて人気を博す。

他の作品に、『チャールズ皇太子の気持ち（Prins Charles känsla）』(2010年)、『栄華と凋落(Uppgång & Fall)』(2016年)、『アインシュタインの新妻(Einsteins nya fru)』(2018年)などがある。

2012年、スウェーデンでもっとも優れた漫画家に与えられる「アダムソン賞」、2013年には風刺漫画家に与えられるスウェーデンの賞「EWK賞」を受賞。

訳者：相川千尋（あいかわ・ちひろ）

1982年生まれ。お茶の水女子大学大学院人間文化研究科修了。仏和辞典編集を経てフランス語翻訳者に。共訳にトマ・ピケティ『格差と再分配——20世紀フランスの資本』(2016年、早川書房)、ジュリア・カジェ『なぜネット社会ほど権力の暴走を招くのか』(2015年、徳間書店)。

訳者解説

　本書は、Liv Strömquist, *Kunskapens frukt*（Galago, 2014）の全訳である。翻訳は、著者の了承を得て、フランス語版 *L'origine du monde*（直訳＝世界の起源）（Rackham, 2016）を底本としつつ、編集担当の山口侑紀さんにドイツ語版・英語版と訳文を突き合わせていただき、スウェーデン語版も適宜参照することで原文とのずれのないようにした。
　本書は、女性器、女性のオーガズム、女性が自らの身体に抱く恥の感覚、生理のタブーなどを取り上げたフェミニズムギャグコミックである。著者は学術的な研究をふんだんに引用しながら、女性の身体やセクシャリティにまつわる文化に、皮肉のきいたユーモアで鋭いツッコミを入れていく。また、石器時代から現代までの事例をとりあげながら、一般にはほとんど知られていない性や身体の表象に関する様々な事実を紹介している。

作者について

　作者のリーヴ・ストロームクヴィストは1978年生まれのスウェーデンの女性漫画家である。大学で政治学を専攻し、その後、研究とイラスト、ポップカルチャーをミックスした作品の制作を始める。インタビューで、キャスリーン・ハナをはじめとするパンクムーヴメントのDIY精神に影響を受けていると話している通り、独特なスタイルのイラストは自己流で、漫画家としてのデビューも友人たちと作ったジン（自主制作の出版物）だったという。ストロームクヴィストの特徴である、漫画の中に写真をコラージュするユニークな手法は、ジンによく見られる手法でもある。
　現在では『Galago（ガラゴ）』という風刺漫画雑誌を中心に活躍し、スウェーデンの人気作家となっている。本書は、英語、フランス語、ドイツ語、オランダ語、デンマーク語、フィンランド語、スペイン語など多くの言語に翻訳され、国内外で高い評価を受けた。
　本書以外には、恋愛関係における男女の非対称性を分析した『チャールズ皇太子の気持ち（*Prins Charles känsla*）』（Galago, 2010）、経済的不平等を批判する『栄華と凋落（*Uppgång & fall*）』（Ordfront, 2016）、ダメな夫や恋人に苦しめられた有名人女性を紹介する『アインシュタインの新妻（*Einsteins*

nya fru)』(Ordfront, 2018)など9作が本国で刊行されている。2012年にスウェーデンでもっとも優れた漫画家に与えられる「アダムソン賞」を受賞するなど、多数の受賞歴もある。

執筆の動機

　フランスの『リベラシオン』紙のインタビュー（2016年1月30日、http://next.liberation.fr/culture-next/2016/01/30/liv-stromquist-nous-vivons-un-age-d-or-de-la-bd-feminine_1430026）では、ストロームクヴィストがこの本を執筆する背景となった出来事について触れられている。

> 「私がデビューした頃は、女性の漫画家はほとんどいませんでした。（…）ある日、パーティの席で年上の男性漫画家と話していたときのことです。彼は私に女性漫画家は好きでなない、なぜなら『生理についてしか描かないからだ』と告白しました。（…）10年後の今、私はそのテーマについての漫画を描きましたが、まさにそれは他の人が今まで誰もやっていなかったからです。その後、このような見下した態度や発言は変化しました。それに、今いちばん人気があるのは Anneli Furmark あるいは Nina Hemmingson ら女性漫画家の作品です。私たちは女性漫画家にとっての黄金時代を生きていると言えます。」

　しかし、こうしたスウェーデンの女性漫画家にとっての黄金時代は自然発生的に生じたものではなく、漫画雑誌では「90年代の終わりまで男性作家の作品がほとんど100%を占めてい」たという。その後、女性漫画家たちが団結し抗議したことで、雑誌に男女同数の作家が掲載されるように取り決めがなされ、たとえばスウェーデンのマルメの漫画学校では男女同数の学生を受け入れるという原則が取られるようになった。これらの運動についてストロームクヴィストは、「読者層を広げ、多様化することはビジネスにとっても有益なのです」とも語っている。

　本書『禁断の果実』の原書は、文字も含め、すべて手書きで書かれている（日本語版は、できるだけ原書の雰囲気を再現させつつ、読みやすさを重視した）。こうした手法は、前述の通り、パンクムーヴメントのDIY精神にインスパイアされ、「絵を描く時にものすごくうまく描く必要はないのだ」と

いう気づきの上で生まれたものである。

> 「大学では政治学を学び、その後イラストと研究、ポップカルチャーをミックスしたいと思うようになりました。(…) 当時は政治的な内容を含むイラストを描くことはよく思われておらず、ましてやフェミニズムはなおさらでした。一方、私の方では、オートフィクションに飽き飽きしていました。女性漫画家の場合、オートフィクションは結局自分自身を痛めつけることになるからです。権力構造と支配のメカニズムを正面から攻撃しつつも、笑える漫画が描けるのではないかと思っていました。」

> 「私がこの本(『禁断の果実』)を描こうと思ったのは、この(女性器、女性のオーガズム、生理などの)問題について——普遍的な問題であるにもかかわらず——自分は無知だと気がついたからです。」

こうして多くの読者を獲得してきたストロームクヴィストだが、インタビューの中では若い読者に対して以下のようなアドバイスを送っている。

> 「私が仕事を始めたころは、まだインターネットが誕生したばかりでしたが、今は絵のブログを運営したり、Instagram のアカウントを作ったりした方がよいでしょう。私のアドバイスは DIY 文化を我が物とせよ、というものです。誰かに出版してもらうのを待つのではなく、自分でやりなさい。最初は完璧主義になりすぎないこと。そして、とくに大切なのはやめないことです。」

禁断の果実

冒頭に書いた通り、本書は数多くの学術研究を引用しながら、漫画というメディアを用いて、知られざる事実を読者に伝えていく作品である。ただ、漫画で簡潔に描いている分、一読しただけではわかりにくい部分もあるかと思う。以下では内容を簡単に振り返りつつ、読者の理解の助けになるような補足をしたい。

第1章は、コーンフレークのケロッグ社の創業者ケロッグ博士や、聖アウグスティヌスなど歴史上有名な男性たちが女性器をどのように論じ、扱って

きたのかをランキング形式で紹介する内容である。ろくでもないエピソードばかりで驚かれると思う。1位のクリスティーナ女王の墓を暴く話の中に「インターセックス」という用語が頻出するが、これは、身体の性が男女どちらかの性に決められない状態を指す言葉だ。この章では女性であるクリスティーナ女王が見事に国を治めたということを認めたくないために、女王は女性ではなくて、(かといって男性とも言い切れない)インターセックスであったというロジックが使われている。

　第2章では、女性器のタブーが論じられる。女性の外陰部は、子宮や膣といった内性器とは異なり、絵や図で表されることがめったにない。しかも外陰部は、ヴァギナとしばしば混同されている。日本語でも同じだけれど、「ヴァギナ」の本来の意味は「膣」であるのに、誤って外陰部を指す言葉として用いられているのだ。

　また、ストロームクヴィストは、古代にまで遡り、外陰部を見せ合う儀式や石器時代の遺跡などを紹介することで、以前は外陰部が現在とは違った意味合いを持っていたと指摘する。

　第3章のオーガズムの章では、啓蒙時代以前には女性の身体と男性の身体は同一のモデルにしたがって理解されていたことが示される(65ページの3コマ目の「(クリトリスを刺激すると)風よりも早く精液がどっと流れ出す」という不思議な表現も、男女の同一モデルに基づいて、実はここでは女性の側が濡れることを指している)。オーガズムも男女両方に共通のものとみなされ、女性がオーガズムに達することは妊娠のための必須条件だと思われていた。しかし、19世紀になるとフロイトらが女性のオーガズムはペニスのヴァギナへの挿入で得られるのでなければならないと主張し、以後、クリトリスでオーガズムを得る女性たちは自分のセクシャリティには欠陥があると思い込むようになる。

　1960年代の終わり頃にようやくウィリアム・マスターズとヴァージニア・ジョンソンによって、女性のセクシャリティの中心はクリトリスだということが証明される。1967年にはシェア・ハイトが女性の3分の2はクリトリスの刺激によってオーガズムに達するという調査結果を発表する。そして、1998年になってようやく、ヘレン・オコンネルらにより、クリトリスの実際の大きさ(根元まで含んで7〜10cm)が発見される。

　ちなみに、「母権性の世界」の場面で男たちが話題にしている「男性用ピ

ル」はいまだ試験段階で実用化はされていないようだ。

　第4章では、インターネット掲示板の書き込みがイブの声を通して語られている。誰でも知っているように、イブは蛇にそそのかされて禁断の果実を食べ、裸であることを恥じるようになる聖書の登場人物だ。アダムとともに神の怒りをかい、エデンの園という楽園を追放される。この時の恥の感覚を、女性は今でも持ち続けているのではないかというのが、第4章の問いかけだ。女性は、性器や生理だけでなく、自分自身の身体に恥の意識を持つことが多い。そうした恥の意識が存在しなかったエデンの園に、私たちはいつか到達することができるのかどうか——。短くさりげない章であるけれど、たくさんの声を響かせながら読者に問いかける印象的な章である。

　また、西洋では女性のことを「イブの娘たち」と呼ぶ言い方があることも補足しておきたい。誘惑に弱いイブの気質を引き継ぐ存在という含みのある表現だ。

　最後の第5章では、生理のタブーが取り上げられている。生理の時、私たちはなぜかそのことを人に知られたくないと思う。しかし、家父長制的宗教以前の時代には、生理は神聖なものでもあった。

　精神科医のブルーノ・ベッテルハイムによれば、生理は一見隠されているものだけれど、実は人生の中の大切なステップとして、象徴という形でおとぎ話の中に頻繁に現れるテーマでもあるという。

日本で、そして私にとって、この本の持つ意味

　ここ1～2年ほど、#MeToo運動をはじめとして、日本でも世界でもフェミニズムが盛り上がりを見せている。2014年というやや早い時期に出た本書も、間違いなく、そうした世界的な大きな流れの中に位置づけることができるだろう。先に述べた通り、スウェーデンやヨーロッパの国々では、ストロームクヴィストはすでに超人気作家である。フェミニズムの視点に立った本書のような風刺漫画が広く読まれる土壌が、日本にも今後少しずつできていくことを願う。

　ところで個人的なことを言えば、私はこれまで、エロス関係の書籍はとりあえず押さえるという方針のもとに生きてきた。けれども、女性のオーガズムのしくみが科学的にどのように説明されているのかについては無頓着で、本書に引用されているシェア・ハイトの調査結果も知らず、フロイトの膣

オーガズムとクリトリスオーガズムの区別を無批判に受け入れていた。そして、膣オーガズムはクリトリスオーガズムよりも深い、めくるめく快感であるに違いないと無邪気にも信じていた。20代の頃には、そのめくるめく膣オーガズムが得られるよう、友人とともに群馬県の迦葉山に登り、山頂の寺院に祀られている天狗のお面に祈願したこともある。なんとなく、天狗である。若かったと思う。あの頃の私に、この本を1冊、そっとプレゼントしてあげたい。

　最後に、スウェーデン語の固有名詞の表記をチェックしてくださった横野菜々さん、フランス語の細かな疑問点について教えてくださったピエール・ルコントさん、編集作業にとどまらずドイツ語版・英語版との突き合わせ作業や、翻訳のチェックをしてくださった花伝社の山口侑紀さんに心より感謝申し上げます。特に、翻訳家でもある山口さんからは、本書の共同作業を通して多くを学ばせていただきました。ありがとうございました。

2018年11月
訳者

引用文献

　本書には多くの文献が引用されている。日本語版では、邦訳のあるものは基本的には既訳をそのまま引用したが、文脈に合わせて訳語や表記を変更した箇所もある。

アウグスティヌス『告白I』山田晶訳、中公文庫、2014年
ジャン＝ポール・サルトル『存在と無』第三分冊、松浪信三郎訳、人文書院、1960年
トマス・ラカー『セックスの発明――性差の観念史と解剖学のアポリア』高井宏子・細谷等訳、工作舎、1998年
『プリニウスの博物誌』中野定雄、中野里美、中野美代訳、雄山閣、1986年
ヴァージニア・ウルフ『ある作家の日記』ヴァージニア・ウルフコレクション、神谷美恵子訳、みすず書房、1999年
ブルーノ・ベッテルハイム『昔話の魔力』波多野完治、乾侑美子共訳、評論社、1978年

禁断の果実──女性の身体と性のタブー

| 2018年12月15日 | 初版第1刷発行 |
| 2021年6月1日 | 初版第3刷発行 |

著者───────リーヴ・ストロームクヴィスト
訳者───────相川千尋
発行者──────平田　勝
発行───────花伝社
発売───────共栄書房
〒 101-0065　東京都千代田区西神田 2-5-11 出版輸送ビル 2F
電話　　　03-3263-3813
FAX　　　03-3239-8272
E-mail　　info@kadensha.net
URL　　　http://www.kadensha.net
振替　　　00140-6-59661
装幀───────生沼伸子
印刷・製本──中央精版印刷株式会社

Ⓒ2018　Liv Strömquist／相川千尋
本書の内容の一部あるいは全部を無断で複写複製（コピー）することは法律で認められた場合を除き、著作者および出版社の権利の侵害となりますので、その場合にはあらかじめ小社あて許諾を求めてください

ISBN978-4-7634-0872-3　C0098

花伝社の海外コミック

21世紀の恋愛
──いちばん赤い薔薇が咲く

リーヴ・ストロームクヴィスト 作／よこのなな 訳

定価（本体1800円＋税）

●なぜ《恋に落ちる》のがこれほど難しくなったのか　大ベストセラー『禁断の果実』の作者最新作！　野中モモさん、相川千尋さん推薦。

わたしはフリーダ・カーロ
──絵でたどるその人生

マリア・ヘッセ 作／宇野和美 訳

定価（本体1800円＋税）

●「絵の中にこそ、真のフリーダがいる。」フリーダ・カーロの魅力と魔力　作品と日記をもとに、20世紀を代表する画家に迫ったスペイン発グラフィックノベルのベストセラー。

リッチな人々

ミシェル・パンソン、モニク・パンソン＝シャルロ 原案／マリオン・モンテーニュ 作／川野英二、川野久美子 訳

定価（本体1800円＋税）

●あっちは金持ちこっちは貧乏、なんで？　フランスの社会学者夫妻による、ブルデュー社会学バンドデシネ。岸政彦氏（社会学者）推薦！

博論日記

ティファンヌ・リヴィエール 著／中條千晴 訳

定価（本体1800円＋税）

●「その研究、何の役に立つの？」「で、まだ博論書いてるの？」　世界中の若手研究者たちから共感の嵐！　高学歴ワーキングプアまっしぐら!?な文系院生が送る、笑って泣ける院生の日常を描いたバンド・デシネ。推薦・高橋源一郎